前世のチートで

転生したら最愛の家族にもう一度出会えました

美味しいごはんをつくります

JN103306

あやさくら
Illustration CONACO

3

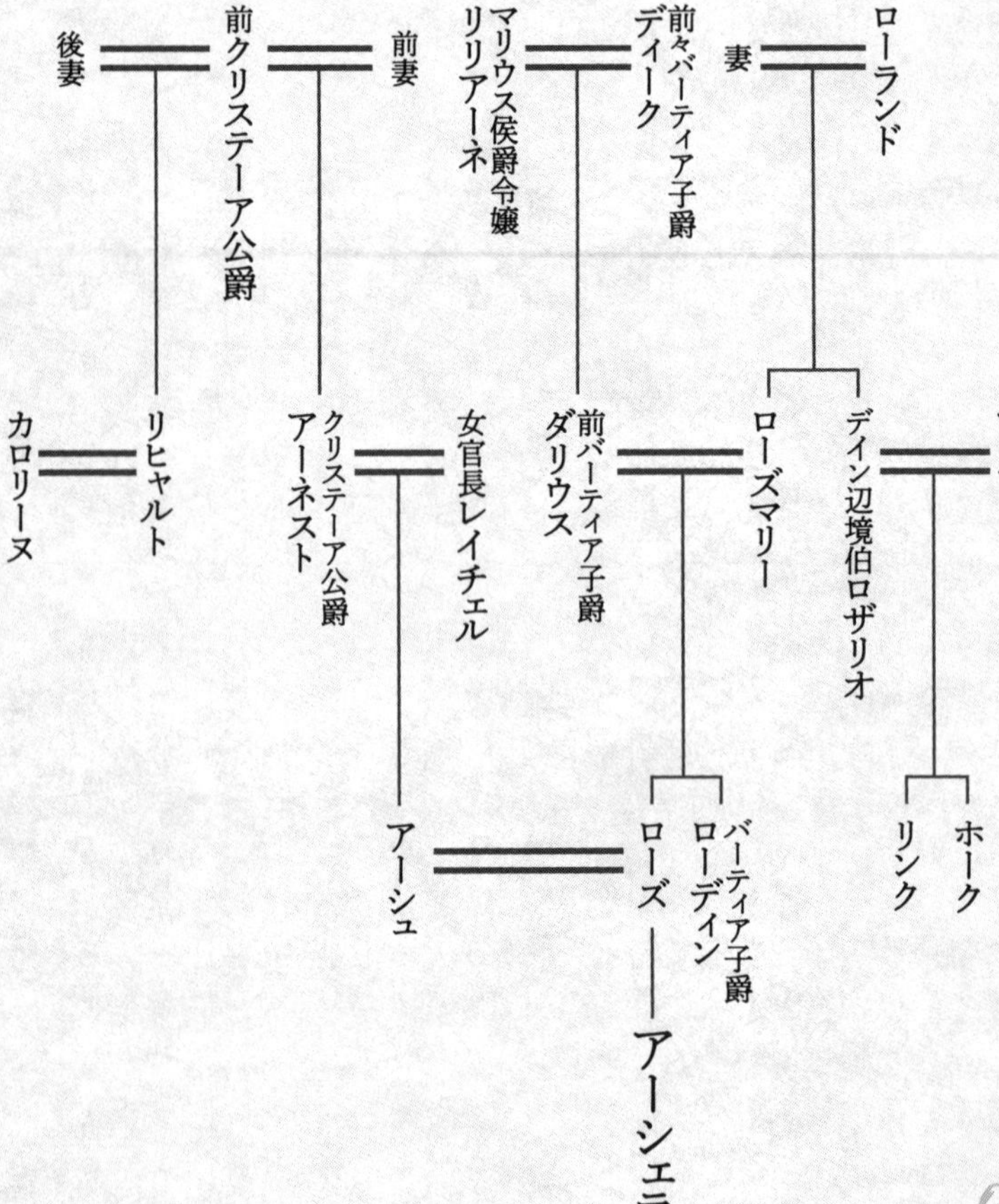
ローランド
妻
ディン辺境伯ロザリオ
マリア
ホーク
リンク
ローズマリー
前々バーティア子爵
ディーク
マリウス侯爵令嬢
リリアーネ
前バーティア子爵
ダリウス
バーティア子爵
ローディン
ローズ
アーシェラ
女官長レイチェル
アーシュ
前妻
前クリステーア公爵
クリステーア公爵
アーネスト
後妻
リヒャルト
カロリーヌ

4つの公爵家

クリステーア公爵家

ローズの嫁ぎ先。後継者のアーシュは行方不明。

クリスティア公爵家

クリスウィン公爵家

現王妃の実家。親族にカレン神官長もいる。

クリスフィア公爵家

当主は公爵家の中で最も若く、元は魔法学院の教師。

アースクリス国周辺地図

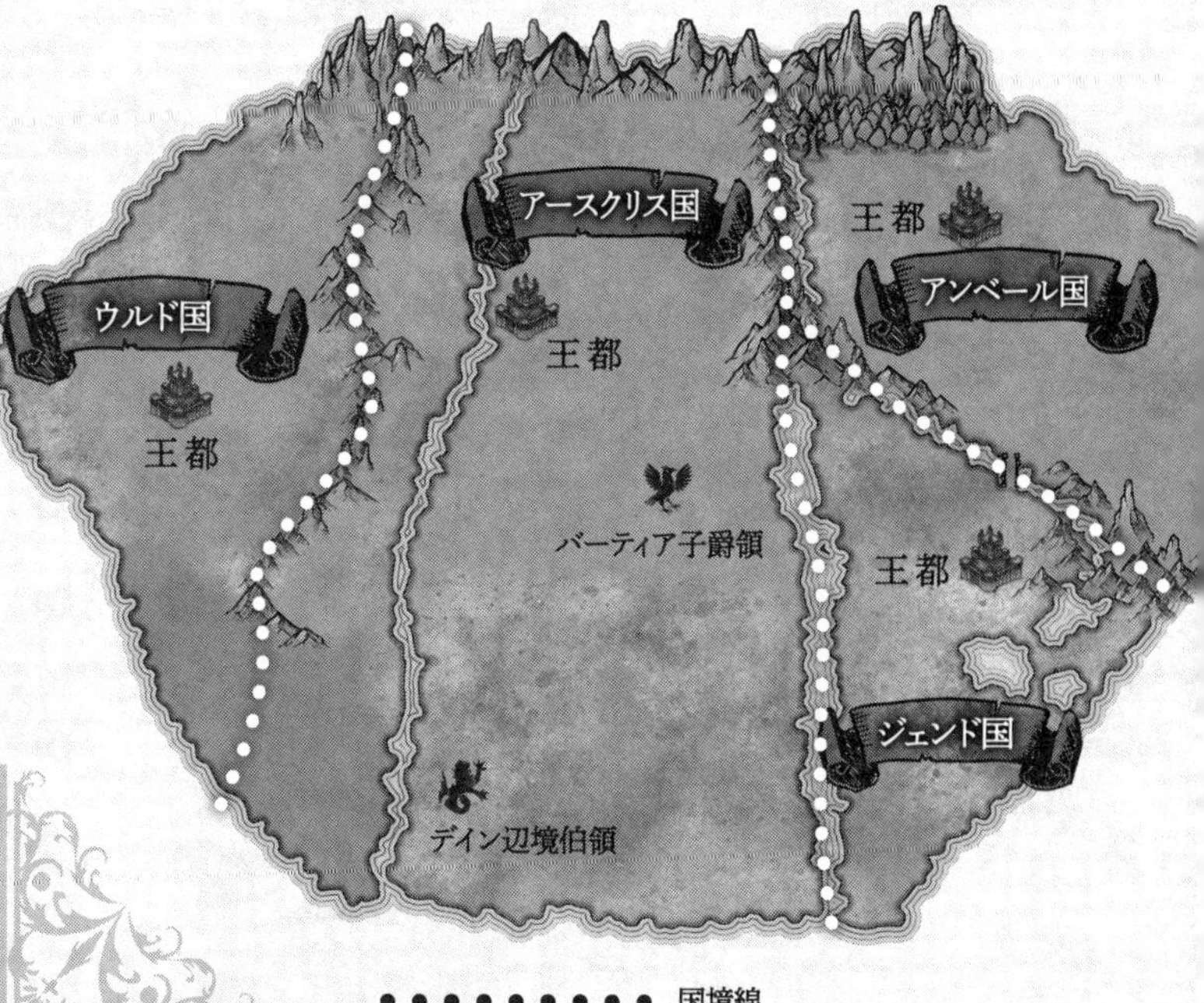

●●●●●●●●●● 国境線

STORY

実はクリステーア公爵家の血を引くにもかかわらず、子爵家の拾われっ子として育てられたアーシェラは、相も変わらず前世の知識を活かし、絶賛大活躍中。
大好きな叔父、ローディンが出征したのは寂しいけれど、
その間もこの世界にはない料理や農法、そして皆を少し幸せにしてくれる文化を広めていく。
それは、彼女に与えられた女神様の加護ゆえ。
彼女の知識は、やがて貧しい人たちの救済、犯罪の抑止、
戦争中の兵糧確保に他国への食糧支援へと繋がっていく。
そんな中、アーシェラは王都の誘拐事件に関わったことで
魔力切れを起こし、しばらく寝込んでしまう。
その時、アーシェラの実の父で、ずっと行方の分からなかったアーシュの意識《こころ》が、
祖父母であるクリステーア公爵夫妻のもとに現れて——？

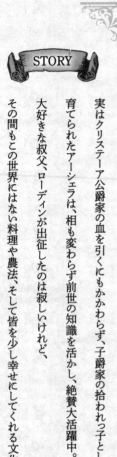

アーシェラ
(4)

バーティア子爵家の拾い子。農家の娘だった前世の知識を生かし、今世で色んな『美味しい』を提供中。

ローズ
(22)

アーシェラを拾ったバーティア子爵家の娘。アーシェラの実の母だが、訳あって本人にもアーシェラにも秘密にされている。

アーシュ
(26)

クリステーア公爵の嫡男で、アーシェラの実の父。外交官として訪れたアンベール国で拘束され、五年ほど行方不明だった。

リンク
(22)

デイン辺境伯の次男で、ローズとローディンの従兄弟。ローディンと共にバーティア商会を経営し、アーシェラを育てる。

ローディン
(20)

ローズの弟で現バーティア子爵。自領でバーティア商会を経営している。現在ウルド国へ出征し、家族と離れ離れに。

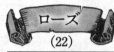

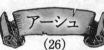

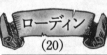

1　アンベールの森（アーシュ視点）

私はアーシュ・クリステーア。

アースクリス国、クリステーア公爵家の嫡男だ。

——アンベール国の北に位置するこの森で過ごし始めて、もうそろそろ五年近くになる。

私は約五年前、外交官として訪れたアンベール王宮で突然捕縛され、有無を言わさずこの森に連れてこられた。

ここは、さらに遡ること十年前にアンベール国王により処刑場にされた地だという。

そして私は今、その森の中にある、かつて狩猟小屋として使われていた場所にいる。

「おー。アーシュさんよ、獲ってきたぞ」

無遠慮に狩猟小屋の扉が開かれ、がっしりとしたメルド隊長が食料となる獣を狩って帰ってきた。

「ああ。すまない、いつも」

「いいってことよ。お互い同じ奴に殺されかけた同士だからな！」

赤紫の髪に紫色の瞳。アンベール国王の縁戚だというメルドは、王直属の軍を率いていたが、アースクリス国侵略に真っ先に異議を唱えたため、私より半年以上前にここで処刑されかけた。

崖の頂上に魔術陣で転移させられ、そのまま突き落とされたのだ。

だが、彼は優れた軍人で、王族の末席だったこともあり、軍の機密を知る一人だった。

崖から突き落とされたメルドは、持ち前の身体能力で崖の頂上から見えない中腹部分に、大きなケガもなく降り立った。

そもそもここは処刑場になる前、軍事演習場でもあったとのことなのだ。

司令官であり、教官でもあった彼が、訓練メニューを考えるためにこの森や崖のことも調べつくしていたそうだ。

だから誰よりもここの地形のことを知っていた。

私は彼に救われてここにいる。

崖の中腹で彼に助けられたおかげで、転落死を免れたのだ。

「まさか。こんな所に闇の魔術師を引き込んでいたとはな。サマールの奴、何考えてやがる」

サマールとはアンベール国王の名である。

メルドの言うように、この森には闇の魔術師が巣くっていた。

――闇の魔術師は厄介だ。

能力の高い魔術師の心が闇に傾くと、人の命を糧にする魔術に傾倒することがある。

自らの力では叶えることのできない強力な魔術を、『人の命を使うこと』でいとも簡単に行えるからだ。

だから、闇の魔術師は自分の望み通りに、禁術を使える場所を与えてくれる者にすり寄る。

今のアンベール国王のような、人の命を軽く見る男に。

代わりに闇の魔術師はアンベール国王に力を貸し、戦場で多くのアースクリス国の人間を殺戮してきたのだ。


「メルド、アーシュ殿。夕餉の支度を手伝ってくれんか」

再び狩猟小屋の扉が開いて、私の父より少し年上の、銀髪に紫色の瞳のカリマー公爵が入ってきた。

「カリマー公爵、すみません。手伝います」

彼は森に自生しているイモを掘ってきたらしい。

季節は秋。結実した木の実や果実のおかげで、この季節は比較的楽に食料が調達できるのがありがたい。

「さっきあそこを通ったが、魔術師は留守にしているようだ」

カリマー公爵は結界の外のすぐ近くにある、闇の魔術師が住んでいる建物のあたりを通ったらしい。

禁術を使う魔術師がそこに存在するだけで周辺の気配が禍々しくなる。

たとえ魔力を使うことができなくても、気配は感じるゆえに、カリマー公爵も魔術師がそこにいることが分かるのだ。

「どこぞの内乱で嬉々として人を屠ってるんだろうよ」

吐き捨てるようにメルドが言う。

「まったく。陛下は何をしているのか。国王であれば民を守るのが役目であろう。何度も思いとどまってほしいと進言したが聞き入れてくれなんだ」

苦しげにカリマー公爵がため息をついた。

カリマー公爵は私がここに連行された数か月後にこの森に連れてこられ、崖の頂上から突き落とされた。

そして、私の時と同じように、メルドが崖の中腹で助けたのだ。

助かったのなら逃げればいいのだが、そうもいかない。

この場所はアンベール国の北の端。

山と崖が後ろにそびえたつ。この山は急峻すぎて登山などできようもない。

たとえ、山伝いに西に行けば我が祖国アースクリス国にたどり着くとしても、その道のりですら人間の足では無理な地形なのだ。自殺行為である。

また、逃げたくとも、そうできない理由がもう一つ——この森の周りには闇の魔術師がかけた二重の結界が張られているのだ。

森から出たところに仕掛けられた、『命を狩る』結界。

そして、森全体に張り巡らされた、『魔力を封じる』結界。

広大な森に結界を仕掛けるには相当な魔力が必要である。

それを可能にしているのは、人の命を糧とした禁術だ。しかもここは処刑場であり、糧となる贄《にえ》はいくらでも手に入る。

すでに数百人もの命を吸ってきたこの場所は、禁術による結界が常に強力に張られている状態だ。

つまり、崖から落ちて助かっても、この結界がある限り生きてこの森から出られない。

実際に、崖から落とされたところをメルドに救われ、せっかく助かった命だというのに、私たちの制止を振り払って森から出ようとして結界に触れ、命を狩られた者を何人も見てきた。

時には、いつ終わるともしれないこの生活を悲観して、自ら結界に触れて命を絶った者もいた。

——それを、浅黒い肌の闇の魔術師は、笑みを浮かべながら見ているのだ。


アンベール国の北の森に巣くう闇の魔術師は、はるか南の大陸からアンベール国王が引き込んだ。

浅黒い肌、そしてその顔立ちは明らかにアースクリス大陸に住まう者たちとは違う。

私が初めてここで奴を見た時は五十歳くらいだったものが、今は三十代くらいに見える。

闇の魔術師は、戦場で奪ったたくさんの命で禁術を行使し、己の肉体を若返らせていたのだった。

『見ろ！　この私を!!　戦場の数多《あまた》の命が私を最強にした!!』

高笑いをし、禁術によって若返った姿を私たちに見せつける魔術師。

『あの男《アンベール王》の誘いに乗って正解だったな。かつてないほど、魔力がみなぎっているぞ!!』

戦場に行くようになってから魔術師の魔力は強大に膨れ上がっていった。奴は戦場へと赴き、殺戮を繰り返し、その命を禁術の糧にしていたのだ。一つの命の犠牲であっても自らが持つ魔力の数十倍以上の力を得ると言うのに、数百、数千もの命が持つ力は、魔術師の魔力を強大にしただけでなく、肉体までも若返らせたらしい。

――だが私には奴の本来の姿が視《み》えていた。

肉体と精神体は皆同じ姿をしているものだ。――だが、奴の姿は、肉体だけが若返ったことで、肉体と本来の精神体が重なり合わず、二重になって視える。それが不自然であり異様に気持ち悪いのだ。

――『命』を使う禁術は常習性の高い危険な薬のようだという。

使えば使うほど、その強力な効果に酔いしれ、人はもっともっとと増長していく。

それを証明するかのように――奴は最初こそアースクリス国の兵だけを標的にしていたようだが、今はもう敵も味方も関係なく命の狩りをしているらしい。犠牲にした命の数が、奴の見た目に反映されているのだ。

◇◇◇

――数百年前、かつてアンベール国のあった地が海に沈んだ。

生き残った少数のアンベールの民は船で脱出し、何十日もかけてこのアースクリス大陸にたどり着き、当時のアースクリス国王に建国を許されて、この地を分け与えられたのだ。

だが、その国はアースクリス国に牙を剝いた。

建国時の、アースクリス国とのたった一つの約束事――

『この大陸を創った女神に仇なす行為をするべからず』

この誓約によって、女神様を信仰する者への迫害や、神殿や教会の破壊には至らなかったが、建物の類は朽ちていくに任せ、改修もされずに放置されていた。

この森から少し離れた所にも、かつて女神様の神殿があった。今では崩れ去り、神殿であったことを知る者も少ないが。

魔術師はこの森のほとりに居を構え、時折気まぐれに私たちに一方的に話をし、去っていく。

『ここは何の思い入れもない国だ。思う存分私の魔術の材料になってもらうぞ』

彼はその傾倒していた魔術ゆえに、祖国から逃れて来た『闇』の魔術師。

つまり、禁術を使ったために祖国から指名手配。見つかり次第処刑されるはずの魔術師だった。

それを、アンベール国王がアースクリス国を滅ぼすための戦力として、自国に引き入れたのだった。

だが、闇の魔術師は、存在するだけで異端の空気を漂わせる。

ゆえにアンベール国王は王都に住まわせることはせずに、この森を与えた。

転移の魔術陣を使えばいつでも会うことは可能だからだ。

闇の魔術師が祖国から抹殺されそうになったのは、その国の民の命を魔術に使ったからである。

無辜《むこ》の民を犠牲にした魔術師は、すぐに自国の魔術師によって特定され、抹殺の指令のもとに攻撃された。

アンベール国王は傷を負って逃げ回っていた闇の魔術師を見つけ出し、この大陸に誘った。

『我が国に来れば、思う存分、闇の魔術を使う場所を提供する』――と。

◇◇◇

アンベール国王はこの森を、自らに盾突く者の処刑場にした。

邪魔者を一掃し、その命を強力な闇の魔術に変換すればアースクリス国を痛めつけられる。一石二鳥ではないか、と。

アンベール国王に意見する重臣も、側近も、貴族も、反抗的な者たちはすべて森の処刑場に送られた。

森から生きて出ることはできない。

闇の魔術師は、禁術のために『命』を必要としているのだから。

アンベール国王は、開戦後、闇の魔術師が確実に相手を屠っていくのをほくそ笑んで見ていた。

アースクリス国側に強力な魔術師がいて闇の魔術師に対抗してくるようになったが、すべてを防ぐことなどできはしないだろうと高みの見物を決め込んでいた。

「陛下がよもや闇の魔術師を引き込んでいたとは……。戦場でのたくさんの不自然な遺体は闇の魔術師の仕業だったのじゃな」

カリマー公爵がこの森の崖から突き落とされたのは、私がここに捕われてから半年以上経った頃のことだ。その彼がある日、項垂れてそう言った。

その時にはアースクリス国と三国間で戦争が始まっており、戦闘が激化していた。

カリマー公爵は開戦前から戦争に反対していたが、あまりの犠牲の多さに我慢ならず、アンベール国王に強硬に意見を述べたところ逆臣として捕縛され、ここの処刑場に送られたとのことだった。

「アースクリス国の兵もアンベール国の兵も、何百人もが倒れて死んでおった。身体にキズもなく。——だが皆苦悶の表情を浮かべておったのだ」

その報告を受けた時に、アンベール国王は満足そうに笑っていたとのことだ。

『なぜ笑っていられるのか』と、カリマー公爵はその笑みを見た時に、違和感を覚えたという。

「闇の魔術は禁術じゃろう。いくら戦争に有利かしれんが、人の道に悖《もと》る術なのだ。そもそもなぜに陛下はアースクリス国をあれだけ目の敵にするのか」

その疑問にはメルドが静かに答えた。

「カリマー公爵。サマールが留学した時の顛末を、貴殿も知っているだろう」

「それを引きずっておられるというのか……。それは逆恨みというものじゃろう。アースクリス国の王太子殿下が勤勉だったというだけで——」

アンベール国王がまだ王太子だった頃、留学先で遊びほうけた挙句、交易の仕事に失敗した。

同時期には、同じ留学先にアースクリス国の王太子殿下——現在の国王陛下がいた。

彼はきちんと留学先で学び、交易はもちろんのこと外交の仕事もきっちりとこなしたとのことだ。

「サマールはいつでも自分の都合のいいように責任転嫁するんだよ。自分が怠けた結果、前陛下が与えた課題をクリアできなかった。そして父である陛下に叱責され、貴族たちにも陰で嘲笑された。自分が悪いというのに、その怒りの矛先を前陛下が褒めたたえたアースクリス国の王太子殿下に向けたんだ」

昔からメルドはアンベール国王周辺の警護を担当していたため、王太子時代の留学の際の顚末を知っている。

それはカリマー公爵も同じだったが、その後のサマールの荒れようをメルドは近くで見ていたのだ。

「あいつはな……今だから言うが、あの後すぐにアースクリス国の王太子殿下に暗殺者を差し向けたんだ」

「――なんと……」

メルドの告白にカリマー公爵が目を見開いた。

私も、アンベール国王の逆恨みのひどさに驚いた。

己の未熟さによる過失を認めず、まったくの無関係のアースクリス国の国王陛下にいわれのない牙を向けていたとは。

「あいつは愚かだ――俺も表立っては意見してこなかったが、さすがに逆恨みまみれの私怨でアースクリス国を侵略しようとしたのは見過ごせず反対したら――ここに送られ、このざまだ。サマールが『たった一人の直系王族』ということに俺も俺の一族も縛られすぎてしまったゆえの、大きな間違いだったな」

メルドが項垂れて片手で額を覆う。

「もっと早くにあいつを排除しておかなければならなかったんだな。――自国の民でさえ闇の魔術師に下げ渡すような人間に国王の資格はない」

これまでのアンベール王家に対する忠誠心ゆえに判断を誤ったと、メルドが悔やんだ。

「だから、俺はここをいつか出て、あいつを王座から引きずり下ろす。それが、あいつを止められずに――無駄に命を散らしてしまったたくさんの人々への贖罪だ」

必ずいつか生きてここを出るのだと、メルドは強く言った。

「私もだ。亡き先王は賢王であったが……その御子が愚王だったことは、今となっては認めるしかないであろう。――私もそれを見抜けなかった。誠意をもってお話しすれば分かってくださると思っていたのだ。――よもや禁忌の魔術を使う者を呼び込んで、自国の民までその犠牲にするとは狂気の沙汰だ。外戚として甘く評価をしすぎた我らのせいでもある。何としても生き延びて陛下には相応に罪を償ってもらうつもりだ」

カリマー公爵がメルドに同意する。

「アーシュさんには申し訳ないことをした。アースクリス国に対する人質として利用し、あまつさえ殺害しようとするとは――本当に申し訳ない」

メルドとカリマー公爵が、胸に手を当てて私に頭を下げた。

「先王はアースクリス国を高く評価しておりました。良き隣国であることを望んで関係を作っていたのですが、それがサマール陛下のせいで無に帰してしまった。信用は地に落ちましたが、いつかここを出てサマール陛下を粛清することを私たちは誓います」

メルドとカリマー公爵は、民を思い、行動を起こした。

その結果アンベール国王に不要とみなされ、この処刑場のある森に送られた。

――すでに同様の人物たちがたくさん処刑されてきた。

メルドが一人でも多く助けたいと奮闘してきたが、こうして助かってここにいるのはカリマー公爵だけだった。

だが彼らは、ここから生きて出られると信じ、諦めていない。

そして、民を守ることを心に決めている。

――その胆力はすごいと感心している。

――『創世の女神は必然を与える』。

ふいにその言葉が頭をよぎった。

創世の女神様はアースクリス国の主神であり、アースクリス王家はその流れを汲んでいる。

そしてアースクリス国の王家の血は私にも流れているのだ。

時折今のような啓示が降りてくる。

――メルドとカリマー公爵が、今ここにいることは、必然。

そう感じ取った今、私のこの状況さえも必然なのだと心のどこかで納得した。

――ならば、私もそれに従おう。

「私はお二人を信じます。何年かかるか分かりませんが、必ず生きてここを出ましょう。そしていつかまた良き隣国として手を携えられるように、私にも協力させてください」

それは、アンベール国の森に捕われてから、一年が過ぎた頃の出来事だった。

私たちはこうして、いつかアンベール王の手からこの国の民を解放することを心に決めたのだった。

◇◇◇

年に一度か二度、アンベール国王はこの森の外れにやってくる。

そして、結界の外から魔術師と共に私たちの生存確認をするのだ。

この森に閉じ込められてそろそろ三年が経とうとしていた頃、アンベール国王が闇の魔術師と共にやってきた。

「アンベール国王さんよ。この頃おっきな戦闘がないよな」

闇の魔術師はこの頃すでに三十代の外見をしていた。

外見に合わせているのか、言葉遣いも若い。

「お前がアースクリス国王を暗殺すればアースクリス国の人間をいくらでも屠れるだろう」

「ん～？　ちょっとこれ見てよ」

アンベール王の言葉に魔術師がフードを取ると、顔や首に焼けただれた痕があった。よく見ると右手も同様だ。

それを見てアンベール国王が眉をひそめた。

「お前、その傷はどうした？」

「この前、アースクリス国の砦に忍び込んだらさ。光の魔法を使う奴に身体の半分焼かれたんだよ。おかげで死にかけたわ」

——そのまま死ねば良かったのに、とメルドが呟いた。

私は魔術師の『光の魔法を使う奴』という言葉でアースクリス国の四公爵の誰かが魔術師と対峙したのだと悟った。

「おかげで闇の魔力は今からっぽよ。どっかで魔力を補給させてくれ」

悪びれもせず、魔術師は命の狩りをすると言う。どこまで人の命を己の欲望のために使うつもりなのだ。

「先日、内乱が起きた」

「おー、ちょうどいい。そいつらの命をいただくぜ」

「好きにしろ。私の邪魔をする民などいらん」

——そんな会話を、わざとアンベール国王と魔術師はメルドやカリマー公爵に、そして私に聞かせる。

「サマール！　やめろ!!」

「陛下！　思いとどまってください!!」

メルドやカリマー公爵が必死に叫ぶも、アンベール国王は冷ややかに一瞥する。

「止めたければ止めてみよ。そこから出られるのならばな」

こうやってアンベール国王は、この森から出ることのできない私たちをあざ笑うのだ。

アンベール国王はその目に明らかな狂気を宿していた。

国王だというのに、民を魔術師に下げ渡すかのような所業を繰り返す。

国主としても、一人の人間としても最低だ。

何人もの命を、自らが王として守るべき命を、奴はどれだけ投げ捨てたのか。

――ただただ不快だが、今はただ自分たちが生き延びることが大事だ。

この森は広大で、森の出入り口付近には確実に死を招く強力な結界があり、魔力も封じられて魔法を使えない。

そもそも強力で広範囲にわたる魔術陣は、重ね合わせることが不可能だ。

だから、奴はまず人の命を確実に狩る魔術陣を優先した。

魔力のある者の魔力を無効化する魔術陣を森全体に。

それから、森の周辺、森から抜ける場所一帯に命を狩る魔術陣を張り巡らせたのだ。

魔術陣の中で落とした命は、それを施した魔術師の魔術の糧とされる。

つまり、帽子にたとえると、帽子の頭（森）部分が魔力を無効化する魔術陣、帽子のつば部分が命を狩る魔術陣なのだ。

私たちが今いる場所は、魔力を無効化する魔術陣の中だ。

ここにいる私たち四人は魔力持ち。

魔術師のクロムと、強い魔力持ちの私。そしてメルドやカリマー公爵もそれなりに魔力を持っている。

魔力が使えないのは痛かったが、魔術師の力は魔力を無効化することにのみ特化し、『自然』にまでは及ばなかった。

だから、木の実や自生する植物、森の生き物を狩って生き延びてきた。

また、森の生き物は結界の境が分かる。森の境で生き物を観察すると、そこに揺らぎがあるのが見て取れた。

私は、厄介な魔術陣のために魔力は使えないが、視ることはできるのだ。

私はそこで結界の境あたりに印をつけて、そこより先に出ないように皆に知らせた。

食料調達で誤って結界に触れて命を落とさないようにするためだ。

——だがさすがに長く魔力が使えないというのはこたえた。

魔力を吸われているのではなく、身体という膜の中に押し込められているようだった。

それは私だけではなく、一年ほど前にここに来た魔術師のクロムも同様だった。

「何だか、気持ち悪いんですよね。魔力が身体の中で行き場をなくしているみたいで。身体が重苦しいです」

クロムは黒髪に青い瞳の、まだ二十代に見える魔術師だ。

彼は、民の内乱を抑えるために国から現地に派遣されたが、民を傷つける魔術は絶対に使えないと上司に盾突き、ここに送られた。

彼のおかげで外の状況が事細かに分かった。

アースクリス国は三国からの執拗なまでの攻勢をしのぎ、今では他の三国の方が飢えに苦しみ、長い戦争、略奪による不満が爆発しているらしい。ついには民が蜂起し、内乱があちこちで勃発しているとのこと。

「とうとう国が内側から瓦解してきてしもうたか……」

カリマー公爵がため息をついた。

「陛下はそれでもまだアースクリス国を落とすのだと言い張っておられました」

魔術師のクロムが告げると、

「サマールは王の器じゃねえ。先王のたった一人の子供だったたってだけで王になった能無しだ。王なら民のことを一番に考えるのが仕事じゃねえか。それを……！」

メルドがぎりり、と歯がみをする。

「いずれにしても、もう、陛下には王の資格はござらんよ」

もう仕える気はないと、カリマー公爵が紫色の瞳を伏せた。

「こっからどうにかして出ねえとなあ」

「そうですねえ。ここだって食料はそんなにないし」

「森で得られる食料と、有事のための保存食があったおかげで生き延びられたがな」

メルドのおかげで何とかここで生きてこられた。

この森がもともと軍の演習場だったために、軍の司令官でもあったメルドはこの森のどこに何があるのかをすべて把握していたのだ。

何よりアンベール国王さえ知らない備蓄の場所を知っていたことが大きかった。

さらにメルドはサバイバル術でここにいる皆をずっと支えてくれていた。

「クロムの話だと、そうとう国が疲弊しているみたいだな」

「もって、あと二年ほどですかな」

「この冬もおそらくはたくさん餓死者が出ることでしょうね……」

クロムが辛そうに目を伏せた。

――クロムの深い青い瞳は、私付きの執事を思い出す。

私より十二歳年上の、黒髪に青い瞳のセルト。

幼い頃、叔父リヒャルトの手の者に襲われた際に私をかばって瀕死の重傷を負ってしまった彼は、それでもずっと私に仕えてくれた。

外交官の仕事で外国に出ることの多い私がたまたま出先で目にした、青い針状の鉱物が入ったルチルクオーツの結晶石。

それを見た時、私をかばった時のあの眼光の鋭さを、凛とした強さを思い出して――即座に購入してセルトにプレゼントしたことを思い出した。

裸石《ルース》で渡してしまったが、なんせ宝飾品など、私は疎いのだから仕方ない。

それから、セルトはどうしているのか、と思いを馳せた。

◇◇◇

「もう少しで五年か……」

闇の魔術師はここで生きている私たちのことを嘲りながらも放置している。

いつでも握りつぶせるのだと嫌な笑みを浮かべているのだ。

奴は人の命を狩ることのできる場が大好きだ。

戦争だけでなく、内乱の場に行き、人を殺め、己の魔力の糧にしているのだろう。

あれだけの命を平然と屠るあいつはもはや人間ではない。

――そろそろアンベール国に来て五年になるが、アースクリス国にいる私の大切な人たちはどうしているだろうか。

――ローズ。

結婚してわずかふた月足らずで私はこの森に封じ込められてしまった。

――私がディーク・バーティア前子爵より教えを受けたのは十二歳の頃だった。

叔父のリヒャルトに命を狙われ、セルトが大ケガをした後、両親の勧めで二人の魔法学院での師であるディーク・バーティア前子爵のもとで、公爵家特有の強い魔力を早く自在に扱えるようにと、バーティア子爵邸に預けられた。

そこには、ディーク・バーティア前子爵の孫娘のローズと、孫息子のローディンがいた。

ローズは私より五歳年下の七歳、ローディンは五歳だった。

――ローズに初めて会った瞬間、私は雷に打たれたような衝撃を受けた。

透き通るような白い肌に真っ直ぐな銀糸の髪、きらきらしたアメジストの瞳。

それまで出会った誰よりも可愛かった。

――つまりは一目ぼれしたのだ。

そして、ある出来事があったことで――ローズに完全に心を持っていかれた。

当時、デイン辺境伯家のホークやリンクも、バーティア子爵邸に滞在していた。

ホークとは王都の別邸でよく遊んでいたし、弟のリンクとも仲が良かったので一緒に過ごせることは単純に嬉しかったが。

――ローズと、ホークとリンクの兄弟はいとこゆえに、私以上に仲が良い。

それにいとこ同士は結婚ができるのだ。私はそれに気づいて大いに焦った。

ホークやリンクに取られないようにと、ずっとローズの側にいて二人を牽制していたら、ホークにもリンクにも呆れられた。

だが、本気で好きだったのだから仕方ない。

幼なじみという立ち位置から、好きな人として意識してもらえるようになるまでじっくり待った。

彼女の社交界デビューの相手役も務め、他の誰かがローズの美しさゆえに寄ってきても、常に追い払ってきた。そして。

女性の成人年齢の十六歳を待って、ローズに結婚を申し込んだ。

彼女の父親の借金の肩代わりなど、ローズと結婚できるなら些末なことだ。

一目ぼれしてから九年。

「一途だねえ」とホークにからかわれたが、私にとってローズはたった一人の愛する女性なのだ。

結婚してひと月とちょっと。

――ローズの十七歳の誕生日を祝ってから、私はアンベール国を訪れた。

――まさか、このようなことになるとは思わずに。

それから四年と半年以上が過ぎた。

ローズは今どうしているだろうか？

父も母も。元気でいるだろうか。

みんな、私のことを心配しているだろう。


――メルドが狩ってきたウサギを処理するために狩猟小屋の外に出た。

中で処理すると小屋の中に臭いがこもってしまうのだ。

見上げると、あいにくの曇り空。

「雨が降りそうだな」

早めに処理しなければ、と小屋の裏手に回った時だった。

――森の中に、聞こえるはずのない声が、響いた。

『めがみしゃま。かあしゃまやおばあしゃまのために、おとうしゃまをまもってくだしゃい！』

2　アンベールの森にふりそそいだ光（アーシュ視点）

「――子供の、声？」

森に響いたのは、まだまだ舌足らずの幼い子供の声。

「アーシュさんよ。どうした？」

遅れて小屋から出てきたメルドが、キョロキョロする私を見て首を傾げた。

「いや、何だか子供の声が聞こえて――」

「子供？　こんなやっかいな結界の中に子供がいるわけがないだろう？」

確かにメルドの言う通り、こんな森深くの、しかも死の結界の中に、幼い子供がいるわけがない。

――けれど、そんな私の考えを断ち切るように。

『アーシュさんは私のお父様ではないけれど。

その無事を心から切に願うローズ母様やレイチェルお祖母様のために』

はっきりと、声が森の中に響き渡った。

これは肉声ではない――どこからか届けられた『声』だ。

呆然と聞いていると、その言葉に私の名前が入っていることに気づいた。

――そして懐かしい名前も。

「アーシュとは……私か？　ローズ？　……母様？」

「お、おい。本当に子供の声が聞こえるぞ!!」

隣でメルドが慌てて辺りを見回している。

私は耳に入った言葉を頭で理解できずに、オウム返しするばかりだ。

「レイチェル――お祖母様？」

「何ですか!?　これ!!　言霊ですよ!!」

魔術師のクロムが小屋の中から飛び出してきた。

「何ですと？　言霊？」

カリマー公爵も続いて小屋から出てきた。

――そんな中、言葉が森に響き渡る。

『無事でありますように。

元気でありますように。

病気やケガをしていませんように。

もしているなら、病気やケガが早く治りますように』

透明さを感じる――清らかな声。

その声と言葉が心と身体に染み込んできた。

――その言葉が『私』に向けられた、いたわりのこもった、優しい、優しい言葉だということが分かる。

身体の内側から温かな光がわき出てくるような気がする。

瞳の奥がじんわりと熱くなっていく。

――まるで初めて父と繋がった時のような感覚――

――そして、その透明な声が再び言葉を紡いだ。


『無事でいても未だ囚われているなら。

どうかその鎖を断ち切ってほしいです』

――その言葉が森に響き渡った瞬間。

鈍色《にびいろ》の空を裂いて、金とプラチナの光が音もなく落ちてきた。

「「えっ!?」」

「わあぁぁっっ!!」

音が聞こえないのが不思議なくらい、雨のように幾万という光が降り注いだ。

無数の光が森に、崖に、小川に、そして――周りを覆う結界に。まるで光のシャワーのように。

――そして、私たちの上にも光のシャワーが降り注いだ。

光が私たちの身体に染み込んでいく。

ずっと身体の中で重苦しく溜まっていたものが、すうっと、溶けてなくなっていった感じが――した。

「何が起きたのでしょうか……」

「俺も知りたい」

そんな会話の間も、光は森全体を覆い尽くしていく。

雨が降りそうだった鈍色の曇り空は、いつのまにか雲一つない青空に変わっていた。

そして、いつもどこか閉鎖されていた空間が、開放されたような感覚さえあった。

「あ！　見てください！　魔術陣が浮かび上がっています!!」

クロムが指をさす。

足元から闇の魔術師が敷いた魔力封じの魔術陣が黒く浮かび上がり、金とプラチナの光に侵食されてボロボロと剝がれ落ちていく。

さらに、命を狩る魔術陣が空間に浮かび上がり、同様に金とプラチナの光で消されていっているようだ。

「すごいですな……」

「あの強力な魔術陣が消えていってる……」

「いったい何で……」

カリマー公爵もメルドもクロムもほうけたままその光景に見入っている。

もちろん私も言葉を出せず、ただただそれを見つめていた。

『アーシュ!!』

ふいに、懐かしい姿が私の目の前に現れた。

「――父上?」

金色の髪に、私と同じ薄緑の――クリステーア公爵家の瞳。

――紛れもなく父だ。

「うわ!　なに、この人!　実体じゃない!」

意識体の父を見て、クロムが慌てる。

「「アースクリス国のクリステーア公爵!?」」

カリマー公爵とメルドは父を見知っているようだ。

二人とも高位貴族だ。私の前に外交官として訪れた父を覚えていたらしい。

約五年ぶりの再会だが、変わっていないその姿。

――ああ。私の父だ。

そして、ある事実に気づいた。

「――父上。父上がここにいるということは――結界が消えたのでしょうか?」

魔力封じの結界の中にいたこの五年弱は、私と父の繋がりが切れてしまっていたのだ。

つまり、父の姿が見えるということは、結界が消えた証拠ではないのか？

「「「え？　本当に!?」」」

メルド、カリマー公爵、クロムが同時に声を上げた。

結界が消えた――？　かけられていたのは魔力封じと、触れると命を狩られる死の結界。

それが消えた？

そのことに思い至ると、さっき光を浴びた時、身体を覆っていた重苦しさが消えたことを思い出した。

自然と手を見れば、手の周りに魔力が生じた。

「魔力が使えるようになった……？」

「「「ええ!?」」」

私の言葉に、三人がそれぞれに自らの魔力を確認する。

メルドは風を起こし、カリマー公爵が岩に手を当てると岩は崩れ砂になった。

クロムは魔術師らしく、風を突風に変えていた。

「「「魔力が使える……」」」

「「「それに身体から重苦しさがなくなった!!」」」

魔力持ちが魔力を封じ込められると、行き場を失った魔力が身体の中をぐるぐると巡り、適度に放出することができなくなった分、濃度が高まり、身体の内側を痛めつけるらしい。

ずっと感じていた重苦しさは、魔力封じの結界による弊害だったのだ。

『これは――この金とプラチナの光はまさか……。――アーシュ、ここはアンベールのどこだ？』

光はまだ降り注ぎ続けている。そして父は、私たちや辺りを見回している。

この光は、意識体である私の父を他の三人にも可視化させている。

三人とも、どこか透けて見える父の姿に驚愕を隠せないでいた。

本来はアースクリス国王直系と四公爵の直系しか視ることは叶わないのに。

――ここにいる仲間には、後で説明をしなければ。

「ここはアンベール国の北に位置する森の処刑場です。今までずっと魔力封じと、森から出られないようにする結界があったのですが」

浮かび上がった黒い魔術陣は光に侵食されてどんどん形をなくしていく。

父はその様子を見て、どのような魔術陣が組まれていたか察したのだろう。

なるほどな、というように頷いていた。

『さっき突然繋がりが戻ったからな。すぐに意識を飛ばしてきたのだ』

父は王宮にいたのだろう。今は確かに執務をしている時間帯なのだ。実際そういった服装をしていた。

「そうなのですね。私も何故こうなったか分からないのです。さっき突然子供の声がしたと思ったら、光がこうやって降ってきたんです」

父はその言葉に反応した。何か心当たりがあるようだ。

『子供の声がしたというのか――アーシュ。その子は何と言ったのだ？』

「ローズ母様、とか。レイチェルお祖母様――」

聞いた通りに呟く。

すると、父は納得したように笑顔で頷いた。

『アーシェラだな』

「アーシェラ？」

良い名だ。いつか生まれる子が女の子だったら付けようと、ローズと話していた名前だ。

『――ああ。その声の主は、アーシェラだ。お前の妻のローズが産んだ――お前の娘で、私の孫娘のアーシェラだ』

「――え……？」

父の告げた言葉は、衝撃以外の何物でもない。

『――そして。アーシェラは創世の女神様方から、加護を与えられている』

「――!!」

「じゃあ！　さっき森に響いた言霊はアーシュさんの娘さんの声で。――この光は、女神様の加護の力ですか!?」

クロムが叫んだ。

「そうなのだろうな」

カリマー公爵が呟きながら、いまだ降り注ぐ光をほうけて見ている。メルドも同様だ。

この国からは女神様の信仰はほとんど消え去ってしまっている。

アンベール国やウルド国、そしてジェンド国の三国は、遡ると同じ民族である。

三国の民は、彼らの国がかつてあった地の神を信仰している。ゆえに、この大陸を創ったとされる女神様の神殿は三国の民に大切にされることなく朽ちていった。

「女神様は本当にいたのですね……」

クロムが呟くと、カリマー公爵もメルドも複雑な表情をした。

女神様に対して、アンベール国は数百年にわたり不義理をしてきた事実がある。

その天上の存在をはっきりと示され――感動と、それ以上に女神様に対して重い罪悪感を抱いているのが見て取れた。

クロムは女神様を信仰している数少ない領地の出身ゆえに、純粋に感動しているようだった。

――そして、私は。

「娘……ローズが産んだ……私の子供……」

――私はどれもこれもが衝撃だった。

ローズが私の子供を産んでくれていた。

その子が創世の女神様の加護を与えられている――さっき森に響き渡った温かく優しい声が、私の娘の声……。

『初雪が降った日に生まれた。ローズにそっくりの可愛い子だ。訳あって素性を隠してはいるがな』

すでに三歳。そしてあと数か月で四歳になるという――私とローズとの子供。

「それは……本当に可愛いでしょうね」

私の頬を涙が伝っていた。

『我がクリステーア公爵家の髪と瞳を受け継いでいる。金色の髪は髪質までお前にそっくりだぞ、アーシュ』

「はい……はい」

『アーシェラに女神様の加護があると分かったのはつい昨日のことなのだが――。これはすごいな』

父が改めて辺りを見回している。

幾百もの人の命を使った禁術による強力な結界が、降り注いでいる光で霧散していく。

そして、魔術陣から剝がれ落ちた黒いモノが、金とプラチナの光で白く輝く小さな光に変わって空へと昇っていく――あれは禁術に使われてしまっていた、人の命――魂だろう。

『彼らは――やっと解放されたのだな……』

父が光を見送りながら静かに呟いた。

◇◇◇

二つの結界が完全に消えると、光の雨は消えていった。

しかし、森全体が光の雨で浄化されたかのように、足元の植物や木々の一本一本が、光を纏っていていた。


いるかのように輝きを見せ始める。

この森や崖は数百もの命を受け止め、闇の魔術の影響を受けていたのだ。

それが、圧倒的な浄化の光によって癒され、まるで森全体が歓喜の声を上げているかのように輝いていた。

――その時、そこに、もう一つの声が割り込んだ。

「何だこれは!!　私の結界が消えただと!?」

どうやら、結界に異常があったことに気が付き、転移の魔術陣で戻ってきたのだろう。

闇の魔術師が驚愕の表情を浮かべ、父の斜め後ろに立っていた。

その大声にゆっくりと父が振り返る。

『――おや。お前は、あの時の魔術師か』

浅黒い肌の魔術師が、父を見てぎくりとした。

そして、光の魔力で焼かれたという顔の傷痕《きずあと》に手をやり、一歩後退する。

『そうか――お前だったか。我が息子をこの森に閉じ込めていたのは。――そうと知っていたらあの時逃がすのではなかったな』

父が不敵に笑んだ。どうやら、二年ほど前に闇の魔術師に深手を負わせたのは父だったようだ。

ふと、父の瞳が何かを視るように眇められた。

『お前――何だ？　魂と肉体に齟齬《そご》があるぞ』

父も、魔術師の本来の年齢と肉体との違和感に気づいたようだ。

——クリステーア公爵家の瞳には、『真実』が視えるのだ。

「戦場で得た命を使った禁術で身体を若返らせたのですよ」

「アーシュさんのお父さんって、そんなことも分かるんですね！　すごいです!!」

クロムが素直に感動して父を見る。

「アースクリス国のクリステーア公爵に光の魔力があったとは」

カリマー公爵も、闇の魔術師がアースクリス国の魔術師に光の魔力で傷を負わされたことを知っている。

光の魔力を持つ者は希少だ。現に他の三国には一人も存在していない。

先ほどの父の言葉と闇の魔術師の反応で、カリマー公爵はそうだったのかと納得していた。メルドも同様だ。

「——くそ！　もう一度封じ込めてやる!!」

魔術師が叫ぶと、次の瞬間、大きな魔術陣が足元に広がった。

魔術師の身には、戦場で得た数多の命を禁術へと変換させた力がまだまだ残っている。

「やべえ！　またあの結界をやるつもりだぞ!!」

メルドもカリマー公爵もクロムも青褪《あおざ》めている。

だが、父はまったく焦りもせずに、私に聞いてきた。

『アーシュ。先ほどの光は、おそらくアーシェラの「願い」に、かの御方たちがお応えになったものだ。——あの子は何と言っていた？』

あの優しく温かい声は、心にはっきりと刻まれて残っている。

私は目を閉じ、手を胸に当てて言葉を紡いだ。

「『無事でありますように。

元気でありますように。

病気やケガをしていませんように。

もししているなら、病気やケガが早く治りますように』。

――そして。

『無事でいても未だ囚われているなら。

どうかその鎖を断ち切ってほしいです』――と」

私が言った言葉を聞くと、ゆっくりと父が頷いた。

『――なるほどな。……「鎖を断ち切る」――じあれば』


「――ぐわあああぁぁぁっっ!!」


――次の瞬間、光の大きな矢が、魔術師を貫いた。

空から落ちた大きな矢は――大剣よりも大きく、槍よりも長く、そして魔術師を貫いたかと思うと、そのまま大地に突き刺さった。

魔術師は光の矢に貫かれたまま、硬直していた。

『──その魔術師こそが、断ち切られるべき「鎖」だな』

父が魔術師を見て静かに言った。

──光の矢は正確に魔術師の心臓を射貫いていた。

だが魔術師は即死していない。

光の矢は、人間の使う矢とは違うのだろう。

魔術師の身体から、光が一つ、また一つと、はがれていく。かと思うと、次の瞬間にはおびただしい数の光が飛び出してきた。

あれは──先ほど結界が消えていった時と同じ光。

禁術によって縛り付けられていた魔術師の身体から解放されて、命が、魂が、天に還《かえ》っていく
──

「あいつは幾千の命を自分に使ったって言ってたよな」

メルドは、それらの光が天に昇っていくのを見ていた。

「見ろ──あいつの身体が崩れていく」

光がはがれていくたびに魔術師の身体が朽ちていく。

「あいつはたくさんの人たちの命を奪って若返ったんです。その命が抜けていったのですから……おそらく本来のあいつの身体はすでに寿命だったんでしょう」

クロムがそう推測する。

そうだ──禁術は『禁忌』。

禁忌のものに手を出し使役した分、本来の肉体の寿命が縮まるのだ。

それは世界の理《ことわり》である。

それに――あれは女神様の裁きの光だ。

決して人では生み出すことのできない、圧倒的な力の迸《ほとばし》る光の矢が魔術師を貫いた。

つまり――闇の魔術師は、女神様による裁きを受けたのだ。

「なぜだ……なぜ――……」

ぼろぼろと崩れて消えていく身体。だが、まだ魔術師は意識を保っていた。

『――お前は、アンベール国王から聞かなかったのか。女神様の神域を侵すな、穢《けが》すなと』

父が静かに言ったその言葉にカリマー公爵がはっとする。

それは、アンベール国の貴族であれば知っているのだ。

この大陸に建国を許された時――たった一つ、アースクリス国から提示された条件。

『この大陸を創った創世の女神様に仇なす行為をするべからず』

それは、ただの約束事ではない。

絶対に守るべき『誓約』なのだ。

――信仰がほとんどなくなったこの国でその誓約が意味するのは、残された女神様の神域を侵すべからず、穢すべからず、ということ。

カリマー公爵もメルドも、誓約の話は知っていたが、それによって裁かれた者など見たことも聞いたこともない。ゆえに、信憑性がない言い伝えとして認識していた。

闇の魔術師やアンベールの民さえも、迷信だと思っていたもの――だが、その『誓約』によって制裁が下ったのだ、と父は言った。

「まさか、さっきの魔術陣を張るために神殿跡地の――」

森のほとりには崩れかけた女神様の神殿がある。とはいえカリマー公爵が『跡地』と言ったように、すでに神殿とは言えないほどの廃墟と化していた。

「だが、そこが神域であったということか」とカリマー公爵が驚いていた。

教会は人の都合によって色々な場所に建設される。

しかし、アースクリス大陸の神殿のいくつかは、遥か昔、創世の女神様がこの大陸を創られた際に、自らが住まうためにお作りになった場所であったのだ。そしてこの森のほとりに建っていた神殿もその一つであったのだろう。

女神様はやがて神の世界に去り、アースクリス大陸の民は女神様の流れを汲む、アースクリス国の王家に大陸の統治を委ねた。

――だが今や、三国にあった女神様のかつての神殿《お住まい》は崩れ去り、放置され、荒れ果ててしまっていた。

それでも女神様が特に好んで滞在されていた場所には、その輝かしい絶大な力が色あせることなく残っている。

その力に、闇の魔術師は、こともあろうか命を奪う魔術陣を作るために手を出したのだ。

「――あれで誓約を破ったのか!?」

メルドも叫んだ。

あの時、もう一度結界を組もうとした魔術師は、己を光の魔力で焼いた父の存在に焦っていたのだろう。

すぐに魔術陣を展開するために手っ取り早く、この森のすぐ近くあった、『ある場所』の力を奪って利用しようとした。

――だがそこは、崩れかけていたとはいえ、かつて女神様の神殿《お住まい》があったところ。

奴は、女神様の神殿の神気を闇の魔術に変換して使おうとし――神域に闇の魔術を展開させ、その力を奪い取ろうと手を伸ばした。

――それは、まぎれもなく女神様に仇なす行為。

ゆえに、闇の魔術師は女神様が放った裁きの矢を受けたのだ。

「バカ……な……」

『お前は女神様の裁きを受けた。――魂は輪廻を赦《ゆる》されずこのまま消滅する』

父の言葉がその耳に届くと、魔術師の目が驚愕に見開かれ、絶望に彩られた。

「そ……ん……な…………」

この言葉が最後だった。

最後の命の光が離れると同時に、魔術師の身体は完全に崩れて消えていった――

ばさり、と身にまとっていたローブが地面に落ちる。

『あれだけの命を犠牲にしておいて、輪廻が赦されると思うのか――愚か者が』

――父の憤りのこもった言葉が、魔術師の真の終わりを告げた。

◇◇◇

――あまりに衝撃的で、そしてあまりにあっけなく終わりを迎えた監禁生活に、私を含めた四人が呆然としていた。

「おとぎ話だと思ってました……」

誓約の話は、クロムも知っていたようだ。

『この大陸は、まぎれもなく創世の女神様方が創られた。その地を分け与えられたにもかかわらず、長きにわたり、離反してきた国に加護が与えられると思うか？』

父がカリマー公爵とメルド、そしてクロムを真っ直ぐに見て言った。

アンベール国はアースクリス国の豊かさを妬み、数百年もの間、幾度も戦争をしかけ、その上今は、卑怯にも他の二国と結託してアースクリス国を滅ぼそうとしているのだ。

開戦後、三国が凶作に見舞われているのは――そのせいなのだろう。

かつて移住を許された時、以前住んでいた所よりたくさんの作物が収穫できたと、喜んでいたはずなのに。

アースクリス国の豊かさに嫉妬し、離反の心を持った頃から、徐々に天災が起きるようになった。女神様の慈悲で受け入れてもらった恩義は、世代を重ねるごとに記憶にも記録にもなくなり、さらに離反は進んでいった。

思い直す機会は何百年もあったというのに。

本当は、ずっと後の世代にわたるまで伝え続けて行かなくてはいけなかったのに。

『故郷の大陸の神を信仰するのは流民となった者たちからすれば当然でしょう。信仰の心は自由ですから。――ですが、なぜ、自分たちを受け入れてくれた女神様の神殿を放置し荒廃させ、目を背ける必要があったのか。――恩を仇で返すというのは、こういうことですね』

遥か昔からこの大陸にあったアースクリス国とは違い、流民としてやってきたアンベール国や他の二国の歴史はわずか数百年。

アースクリス国は自らの国土の半分以上を、住まうべき土地をなくした三国に与え、受け入れてくれたというのに――彼らはたった数百年で、愚かな反逆を選択した。

「――耳が痛い話ですな」

カリマー公爵が苦い顔をする。

ここまで女神様の存在を示されれば、何も反論はできないだろう。

アンベール国やウルド国、そしてジェンド国の王家は、揃いも揃って決定的な過ちを犯した。

アースクリス国に牙を剝き、アースクリス大陸の創世の女神様の怒りを買ったのだ。

三国の凶作の背景には女神様の天意があったことを、カリマー公爵もメルドもクロムも感じ取った。

「――この国にもまだ女神様を信仰している者たちがいる」

メルドのその言葉に、父が頷いた。

『クルド男爵、ですな』

唯一アンベール国で現存している女神様の神殿は、クルド男爵領にある。

父の言葉を受けて、カリマー公爵が頷く。

「知っておられたか……。そうです。元は侯爵でしたが、クルド侯爵領で女神様を信仰しているのを心よく思っておられなかった陛下が、言いがかりをつけて男爵に降爵したのですよ」

『クルド男爵は苦しいながらも民を守っていると聞いています。――では、ここを出たらクルド男爵のもとに行ってください。そこでアンベール国を今後どうしたいかを相談してください。私からもクルド男爵に話を通しておきましょう』

父が敵国であるアンベール国のクルド男爵と繋がりを持っていることを明かすと、メルドが目を見開いた。

メルドは五年強もの間、アンベールの森に閉じ込められていたせいで世情のことはまるで分からない。

それはここにいるカリマー公爵や私もそうだ。

これまでのアンベール国王の所業を考えると、クルド男爵がアンベール国に叛意を抱くことは当然のことだが、こうやって貴族の心が明らかに王から離れているのを目の当たりにして、複雑な表情になった。

メルドがぞんざいな口調で父に言った。

「――俺たちを信用するのか？　クリステーア公爵。クルド男爵がアースクリス国と通じていることを俺たちが誰かにチクるかもしれないんだぞ？」

父も彼の心情が分かるのだろう。真剣な表情でメルドを見た。

『そもそも、アンベール国を守るために国王に盾突いたからこそ、処刑場であるこの森にいたのではないですか？　メルド殿――それでもまだ、アンベール国王に忠義立てすると？』

父の言葉に、メルド、カリマー公爵、クロムが揃って声を上げた。

「それは絶対にない！」

「そのようなことは絶対にありませせぬ！」

「絶対にそれはありません!!」

「陛下には、もう国王たる資格はありません。きちんと罪を償っていただく必要があります」

「その通りだ。俺はアンベール国が大事だ。だが、上に立つ人間は民を虐げる奴であってはならねえ。――だから、俺はあいつを玉座から引きずり下ろす」

「その通りです。『内乱を起こした民を皆殺しにしろ』と命令を受けた時には絶望しました。だって！　本当に悪いのは陛下なのに!!」

カリマー公爵、メルド、クロムが相次いで心情を吐露すると、父が頷いた。

先ほどから父の目は穏やかだ。私が彼らを信用しているのをちゃんと分かっているらしい。

心配する私に、視線で大丈夫だ、と伝えてきた。

『息子が信用している方々です。私もあなた方を信用しましょう。――それに、私のこの姿が見える、ということは「女神様があえてあなた方に見せた」ということに他ならない。それこそが証左でしょう』

父の言葉に、三人が目を見開いた。

――確かに。

意識体となる力、それを視る力はアースクリス国王家直系か四公爵家直系の者たちのみが受け継ぐ。

その姿は他の者には決して見ることができない。

だというのに、彼らには父の姿が見える。

それは女神様があえてこの三人に見せているということなのだ。

それが意味するところを、三人は正しく理解した。

皆、右手を心臓に当て、深々と頭を下げて。

父に――そして、この瞬間を見ている女神様に向かって、言葉を紡いだ。

「――では、女神様の信頼を得た、ということを胸に刻んで。これからはアンベール国の正しき道のためにこの身を尽くします」

「俺――いえ。私も誓います」

「私もです!!」

三人が誓いを口にすると、父は深く頷いた。

『信じます。――そろそろ私も戻らねば。では、これからも息子をお願いします』

「「はい。お任せください」」

『ではな。アーシュ。――ああ。体調が整ったら、私の所に来なさい。くれぐれもアーシェラに勝手に会いに行くなよ』

父にはすでにこうして会っているのだから、すぐに意識《こころ》を飛ばしてアーシェラのもとに行きたいと思っていたのがバレていたようだ。

私の娘のアーシェラの顔を見たい。

それに、アーシェラの側には私の愛する妻《ローズ》もいるはずなのだから。

「――分かりました」

『ローズにも会いたいだろうが、その前に話すことがあるからな』

この会話で私も意識を飛ばすことができるということが三人に伝わった。

「すごいですね！　精神を飛ばせるなんて!!」

クロムが瞳を輝かせている。

カリマー公爵やメルドも、「これだけのことがあったんだから、何があってももう驚かない」と頷いている。

『これは内密でお願いします』

父が言うと、三人とも声を揃えて頷いた。

「「誓約いたします」」

息ピッタリの三人の声に、父が笑い――次の瞬間に消えた。

◇◇◇

父が去った後、クロムが大きく息をついた。

「はああ～～～。すごかったですね～～!!」

「本当だな」

「アーシュさんよ。おめでとう。父親になったんだな」

「ありがとうございます。妻に似て可愛い子らしいです」

「女神様の加護を与えられているって、すごいですね！　こんなにすごい女神様に愛されているってことなんですよね!!」

「アーシュさんの娘さんが女神様にアーシュさんの無事を祈ってくれたおかげで、この森を出られるのだな。本当に感謝しかない」

「創世の女神様は必然を与える、と言われています。私の娘が加護を与えられているのも、そしてアンベール国を真に思っているあなた方と私がここで一緒に暮らしたことも、『必然』だと思っています」

「『必然』か……」

私の言葉にメルドが呟いた。

「アーシュさん。――私たちの国は、長きにわたりアースクリス国に理不尽なことをし続け、あまつさえ他国と手を組み、卑怯としか言いようのない戦争を起こしてしまった。私は、サマール陛下を弑《しい》し、アースクリス国との戦争を即刻止めさせて、アンベール国を立て直すつもりでいます」

カリマー公爵のその言葉の後、メルドが続けた。

「ああ。『停戦』ではまた同じ愚挙を繰り返す。今までの歴史を振り返っても分かる。――だから、俺は『誓約』をして『アンベールを永世にアースクリス国の属国』とする考えだ」

メルドのその言葉に私たちは瞠目した。

簡単にできることとは思えない。そもそも、現在のアンベール国王の後に立つ者が同じ考えでなければ、それは不可能になる。

カリマー公爵がメルドの意図に気づき、息を呑んだ。

「メルドよ。そなた……」

「俺はアンベールを守りたい。このアースクリス大陸もアンベール国も、俺の故郷だ。大陸をお創りになった女神様は寛大な心をもって流民だった俺たちの祖先を受け入れてくれた素晴らしい女神様だ。その女神様に離反した俺たちの祖先が悪いんだ。――俺は女神様の与えてくださった恩に報いるため、これからのアンベールを作る。そのためには、それを十分に知る者が次の王として立たなきゃならねえ」

メルドはそこで右手の親指で自分を指差した。

「幸いにも、俺はサマールの又従兄弟だ。末席だが王位継承権もある。――俺が、王位をとる」

「メルドを王座に座らせるのか――骨が折れる作業だが、それが最善じゃろう。――だが、よく決意したな」

「女神様は『必然』を与えるんだろう？　俺はこの森で五年もの間、ずっと考えていた。何百人もの民がなすすべなく命を落としていくのを助けられなかった悔恨が俺の中にはある。――王に諫言する人物はことごとくいなくなり、おもねる者ばかりが残る。アンベールはこのままでは内側から腐り落ちていく、と」

「――すでに、引き返すことができぬほど腐っておるのじゃろうな」

この森に来てからメルドは五年、カリマー公爵は四年経っていた。

その間に、数百人もの仲間がこの森で命を落としてしまったのだ。

アンベールを思うがゆえに、思いとどまってほしいと王に意見をした結果、心ある人々が大勢いなくなってしまった。

アンベールの王宮には、悪政を敷く国王を止めることができる人間はすでにいないはずだ。

「俺だったら民を苦しめる戦争は起こさない。俺だったら闇の魔術師を引き込まない。『俺が王だったら』――って。ずっと、そう思っていたんだ」

この五年。メルドはこの森の中で、ずっと悩み続けてきた。

「俺が王だったら、サマールとは別の選択をする。絶対にこれ以上民の命を無駄に散らしたりしない。俺はここを出て、サマールを玉座から引きずり下ろす。その後をどうするか、空いた玉座を誰に託すかをずっと考えていたが――さっきのクリステーア公爵の言葉で心が決まった。これは、女神様の信頼を貰った俺じゃなきゃできないと」

　覚悟を決めたと、メルドが言う。

「俺はこれからの人生をかけてアンベールを導いていく。もちろん、これまで政治に関わってこなかった分、俺は未熟だ。だが未熟さは周りに助けてもらえばいい。教えを請えばいい。――その点はカリマー公爵がいてくれるから安心だな」

　メルドの言葉を受けて、カリマー公爵が嬉しそうに紫色の目を細めた。

「成長したのう。争うのが嫌でサマール陛下に逆らわなかったおぬしが」

「周りが勝手に俺を持ち上げたんだろ。あそこであいつに恭順を示してなけりゃ、俺はとっくにこの世にはいなかった」

　かつてのアンベール王家には、直系であるサマール王太子と、三代前のアンベール国王を曽祖父に持つメルドがいた。

　だから当然、皆が年の近い王位継承権を持った者同士を比較する。

　メルドの父親がそれを危惧して、幼少期から政治に関わる表舞台からメルドを離し、軍部に彼の籍を置いた。

　メルドも自分の立ち位置を理解していて、一兵卒から始め、表向きは政治から身を引いていた。

　サマール王太子が王位について、ジェンド国から正妃を迎え、二人目の子供が生まれた頃、やっと胸を撫で下ろした。

サマールには正妃だけでなく、側妃が何人もいて子供もそれぞれにいる。

自分の王位継承権がずいぶんと下がった頃、やっと軍の司令官として自分の力を発揮できるようになった。それまでメルドはずっと息を殺すようにして生きてきたのだ。

「メルドさんは私が守りますよ！　こう見えて魔術師をまとめる部隊長だったんです!!」

クロムが小柄な胸をドンと叩く。確かにクロムは私から見ても魔力量が多い。

風を竜巻のような突風に変えることができたところを見ても、魔力操作の技量も十分にあることが分かる。

「それに、これから行くクルド男爵領は、私の故郷なんですよ！」

クロムの言葉に、カリマー公爵がそういえば、という顔をした。

「「そうだったな」」

「では、案内しますよ！　徒歩では何か月もかかっちゃいますから、途中で馬を確保しましょう」

「この森から南に行ったところに軍事基地がある。まずはそこで馬を拝借することにするか」

行き先が決まると、すぐに長い間暮らしてきた狩猟小屋に入り旅支度を始めた。

クロムが森の奥に走って行って、大きな荷物を魔術で軽々と持ってきた。

「残っていた軍の保存食全部持っていきましょう！　道中長いんですから!!」

「「そうだな」」

アンベールは凶作続きだというから、途中での食糧確保は難しいだろう。

多少荷物になっても、食料は大事だ。

私たちも秋の恵みを荷物いっぱいに詰め込んだ。

実は私には、両親が作ってくれた魔法鞄《マジックバッグ》がある。

ネックレスのチャームに収納された魔法鞄は結界が消えた瞬間に機能を回復したため、たくさんの食料を確保することができた。作ってくれた両親に感謝だ。

旅支度が済むと、すぐに森を離れた。

そして、皆で森のほとりの女神様の神殿跡地に立ち寄り、感謝の祈りを捧げた。

神殿から少し離れたところに闇の魔術師がねぐらにしていた建物があったはずだが、女神様の光が降った際に消滅したようだ。その場が浄化され、そこに建物があったことが分からないほど緑が生い茂っていた。

「じゃあ、もう行くぞ。この森に長居は無用だ」

「いつ陛下が来るかもしれないですからな」

「「そうですね」」

私たちはすぐに旅立った。


——森の中に響いた小さなアーシェラの声を胸に抱いて。

3　王都のバーティア家別邸

王都に来てから三日が経って。

その日の午前中、ディークひいお祖父様が仕事で王都にやってきた。

そしてデイン家を訪れたひいお祖父様が、「王都のバーティア家別邸においで」と誘ってくれたので、行くことになった。

私は今まで王都にあるバーティア家の別邸に行ったことがなかったのだ。

何故かと言うと、これまで別邸にはダリウス前子爵がいたからである。根っからの怠け者である彼は、遊ぶところのない地方のバーティア子爵家本邸より、アースクリス国の中心地である王都の別邸にいることが多かった。

そのダリウス前子爵は最近新しく手に入れたマリウス侯爵領にある別荘を気に入り、そっちに行ったきりらしい。そのことを聞いてローズ母様もバーティア家別邸に行くことを了承した。前にバーティア家本邸に行った時も思ったけれど、ローズ母様が自分の実家に行くのにこんなに気を使わなければならないとは……。何だかなあ。

でも、贅沢をそのまま形にしたようなマリウス侯爵領の別荘は、ダリウス前子爵の心をがっちりと摑んだらしい。彼曰く『仕事を引退した』ので、今後はそこを拠点にして隠居生活をすると宣言したという。

それを聞いて、「仕事を引退だと？　全く働いてこなかったくせに何が引退だ。ふざけるな」と言ったのはローディン叔父様である。確かにね。ダリウス前子爵の作った借金を返し続け、完済したのはローディン叔父様なのだから、その怒りは当然のことだ。

でも、ダリウス前子爵がバーティア家に『これからもいない』ことはとても気が楽なことである。

王都のバーティア家別邸はデイン辺境伯家の別邸と比較的近いところにあった。

屋敷の大きさも、デイン家のそれと変わらないらしい。

「大旦那様、お帰りなさいませ」

「うむ」

「ローズ様、アーシェラ様。お帰りなさいませ」

私に『いらっしゃいませ』ではなく、『お帰りなさいませ』と言ってくれたのは、執事のビトーさんだ。

数人の侍従やメイドたちがそれに倣って、同じ言葉をかけてくれた。

「あい。ただいまでしゅ」

せっかく言ってくれたので、挨拶を返す。

ちなみに私はひいお祖父様に絶賛抱っこされ中だ。

「うふふ。王都のバーティア家に来るのは久しぶりだわ〜〜」

マリアおば様が嬉しそうに声を上げた。

いつもは王都のデイン家の方に私やローズ母様が行っているので、ひいお祖父様がマリアおば様とリンクさんを、バーティア家別邸にご招待したのだ。今日はマリアおば様とリンクさんもバーティア家別邸にお泊まりだ。

「いつもはバーティア家の本邸に行っているからな。王都の別邸はものすごく久しぶりだ」

リンクさんも懐かしそうにバーティア家別邸を見上げていた。

「本日は雪が降りましたので、冷えております。どうぞ中で温まってくださいませ」

「そうだな。温かい飲み物を出してもらおうな。アーシェラ」

うん、あったかいミルクもいいけど。

「ひいおじいしゃま。あーちぇおにゃかしゅいた」

「――ああ、悪いことをしたな。私の仕事のせいでまだお昼を食べていないものな」

今日は昼前にひいお祖父様がデイン辺境伯家別邸にお迎えに来てくれたが、途中で立ち寄ったところで知り合いに会い、真剣そうに話し込んでしまったのだ。

お菓子は貰って食べたけど、お腹が空いた。ちゃんとしたご飯が食べたい。

「では何か作らせましょう。少しお時間くださいね、アーシェラ様」

「あい。おねがいちましゅ」

時刻はお昼を過ぎていて、すでにおやつの時間に近い。

もしかしたら、夕飯の下ごしらえとかもしているかもしれない。

「ひいおじいしゃま。あーちぇ。ちゅうぼうみたい」

「ああ。もちろんいいぞ」

そう言うと、みんなでそのまま厨房に直行した。

――そうなると、料理人さんたちが慌てるのは当たり前のこと。

「お、大旦那様！　ローズ様！　申し訳ございません。まだ時間がかかります」

料理長のマルトさんという人が、出てきてこげ茶色の頭を下げた。瞳も同じこげ茶色をしている。

「気にするな。出来るまで少し見させてもらう」

「は、はい……」

みんなはどうやらサンドイッチを作ろうとしているらしい。パンや野菜などの材料が見えている。

私は例によって食品庫を見るのが好きだ。

商会の家にはない食材を見つけるとわくわくしてしまう。

すると、食品庫の片隅に、出来上がった寒大根《かんだいこん》が吊るされていた。

一つの紐に五本ずつ吊るされているものの中から何本かなくなっているのを見て、ちゃんと食材として使っているのだろうと、一人で納得した。

食品庫をひと通り見て戻ってくると、茶髪に茶色の瞳をした、菓子職人《パティシエ》のファイランさんがにこやかに聞いてきた。

「アーシェラ様！　パンケーキお好きですよね？」

ファイランさんはバーティア家本邸にいる菓子職人のハリーさんと同じく、有名な菓子店の支店に昔勤めていた。

菓子店が経営不振で支店を閉めた時に職を失ったハリーさんとファイランさんは、ひいお祖父様にバーティア家の菓子職人兼料理人として雇われた。

ハリーさんはバーティア子爵領の本邸に、ファイランさんは王都の別邸に。

ファイランさんは三十歳を過ぎたそうだけど、童顔なのでまだ二十代そこそこに見える。お兄さんみたいな感じの人だ。

「あい、しゅきでしゅ」

と答えると、

「では軽食と一緒にご用意しますね」

ファイランさんは、手際よくフルーツを用意してカットし始めた。

甘いパンケーキにはフルーツを添えるのが定番。

そのフルーツの飾り切りが見事で、やはり職人技だ、と感心する。

ファイランさんの手でどんどん綺麗にカットされていくのを「しゅごい！」と絶賛しながら見ていたら、ファイランさんが「照れますね」とはにかんでいた。

「そうそう、ハリーから色々聞いていました。バター餅、絶品でした！」

ハリーさんがデイン家の菓子店でバター餅の作り方を指導するために王都に来た時は、この別邸に滞在していたのだそうだ。

「そうなの！　バター餅ってとってもとっても美味しいわよね!!」

マリアおば様がすごい勢いでファイランさんに詰め寄った。

おば様、ファイランさんびっくりしてるよ。

そんな時、ふと、コンロの上に置いてあるいくつかの鍋が気になった。

「あれ、なあに？」

「あー。あれですね。賄いに味噌汁を作ったのですが、少しだけ残ってしまったのです」

寸胴鍋の蓋を開けてもらって見てみたら、なるほど、残り物だ。

味噌汁の汁がほとんどなくなって、ジャガイモとインゲンとニンジンが残っている。

「隣の鍋は何かしら？」

「残ったごはんです。その隣の大鍋は作りおきのトマトソースです」

ピンときた。今なら簡単に残り物で作れるものがある！

「このふたちゅのおなべ。ちゅかっていいでしゅか？」

「もちろん大丈夫ですが。……残り物ですよ？」

「まあ、好きにさせてやってくれ。アーシェの作るものは面白いし、美味いぞ」

リンクさんが助け舟を出してくれた。

「で、アーシェ、何をすればいい？」

「そうね。私もやりたいわ」

リンクさんもローズ母様もやる気満々だ。

それならお願いしよう。

まずは、ファイランさんに寸胴鍋に残っていた具材をボウルに移してもらった。

大きめに切ったジャガイモが二十個ほどと、インゲンとニンジンが少し。

ローズ母様にそれをマッシャーで潰してもらい、少しの砂糖を加え、お玉で少しだけ残っていた味噌汁を混ぜ合わせる。

そこに片栗粉を適量入れ、よく混ぜ合わせて、適度な硬さにする。

「？　残ったジャガイモに片栗粉？　……こんな使い方はしたことがありません」

ファイランさんが顔に『？』を張り付けている。

適度な硬さになったので、直径五センチメートルくらいの棒状にしてから十等分に切ってもらうと、厚さは一センチメートルくらいになった。

「アーシェ。これはなあに？」

大体完成形が見えてきたところでローズ母様が聞いてきた。

「いももちにしゅる！」

「「いも餅？」」

ローズ母様、リンクさん、ファイランさんの声が重なった。

「餅ってもち米じゃなきゃ作れないいんじゃなかったか？」

リンクさんが餅を作った時の説明書を思い出しながら言う。

確かに『餅』はもち米でなくては作れない。

けれど前世では、稲作の生産技術が発展していない時代に餅を作る際、もち米の代わりにジャガイモやかぼちゃを使っていた。それがいも餅やかぼちゃ餅の由来らしい。

確かに『いも餅』の食感はどこか『餅』に似ているのだ。

でもそれを上手く説明できないので、簡潔に。

「んーと。もちごめとちがうけど。もちもちた、おいものもちににゃる」

「へえ。これも餅みたいになるのか」

リンクさんは私の言うことを疑わずに、十等分したいも餅の形を整えている。母様も同様だ。

「そうなのね。それでこれをどうするの？」

「ふらいぱんで、たっぷりのおいるでやく」

「たっぷり？」

ローズ母様が首を傾げた。

オイルをたっぷり使う料理は作ったことがないのだ。

「おいものもちがかくれるくらい」

「まあ、ずいぶん多いのね」

「かくれると、かりかりちておいちい」

実は、この世界ではまだ揚げ物を食べたことがない。

もしかしたら揚げるという調理法がないのかな？　揚げ物、美味しいのに。

ローズ母様はフライパンにオイルを数センチ入れて、適度に温まったところに、成形したいも餅を入れた。

ジュワー、パチパチという音に料理人さんたちが「何を作っているのですか？」と集まってきた。コンロの周りは満員である。

ちなみにディークひいお祖父様とマリアおば様は少し離れたところで私たちを見守っていたが、やっぱり揚げ物の音に惹かれて近くに寄ってきて、フライパンを覗き込んできた。

「まあ、美味しそうな焼き色が全体についたわ」

ローズ母様が何回かひっくり返して、綺麗に揚がったいも餅をザルの上に上げていく。

そうして油を少しだけ切り、皿に盛り付けた。

衣がついていないのでそれほど油っこくはないはずだ。

「いももち。かんしぇい！」

「おー。何だか美味そうなのが出来たな。どれ温かいうちに食べてみような」

リンクさんがそう言って熱々のいも餅を、さっそく五枚の小皿に取り分けた。

とりあえず、昼食をとっていないディークひいお祖父様、私、ローズ母様、リンクさんとマリアおば様の五人で一つずつ食べる。

みんな立ったままだけど、これから他に作るものがあるので腰を落ち着けてもいられない。行儀は悪いが試食だと思って許してほしい。私は厨房のテーブルの椅子に座ってはいるが。

「こんがり焼き色がついて美味しそうだな」

ディークひいお祖父様が小皿に載ったいも餅を見て言うと、マリアおば様が本当に、と頷いていた。

「こんなお料理初めてだわ」

「たっぷりの油に入れて調理するなんて初めて見ました」

料理人さんたちがそう言ってみんなで頷いている。

やっぱりそうなんだ。揚げ物って美味しいんだよ。

油で揚げるだけで食材が美味しくなる。

「大陸ではたっぷりの油で調理することを『揚げる』といい、完成したものを『揚げ物』というそうですよ。以前聞いたことがあります」

と、別邸のマルト料理長がそう言った。

大陸とは久遠大陸のことだろう。

やっぱり久遠大陸には日本と同じ料理があるんだ。

「そうなのね。じゃあ、これは調理法で言ったら『揚げた』いも餅なのね」

ローズ母様が納得する。

みんなが揚げ物に納得したところで。さあ、食べよう。

「いただきましゅ」

「「いただきます」」

みんなより一足先に、ぱくり。

油で揚げたいも餅は、外がさっくりとした食感で、中はほくほくもっちり。

ジャガイモの旨味、味噌汁のコク、インゲンやニンジンも一緒に潰してあるので、その旨味も入って、とっても美味しいのだ。

「おいちい！」

記憶にあった味だ。文句なく美味しい。

本来のいも餅は、ジャガイモの皮を剝き、茹でてから作るけど、そうやって一からいも餅のために作るのでは工程が多くて、はっきり言って手間がかかる。

前世の我が家では、農家の親戚から規格外のジャガイモを何箱も大量に貰って食べていた。

シンプルにジャガイモを塩茹でしてバターをつけて食べたり、ポテトサラダを大量に作ったりと、とにかくジャガイモ消費のためにひっきりなしに調理していた。

なのでジャガイモの味噌汁を作ると必ずと言っていいほど入れすぎて、ジャガイモだけが残ってしまうのだ。

（なぜ学習しないのだと自分ツッコミ……）

でもある時閃《ひらめ》いて、味噌汁の味のついた残り物のジャガイモを使っていも餅を作ってみたら、とっても美味しかったのだ。

しかも、味噌のコクと美味しい出汁、そして少しだけ足した砂糖の甘さが入っているため、みたらしなどのタレを別に作る必要もない。

簡単で美味しい。これは本当におすすめだ。

「――美味しい!!」

ひいお祖父様とローズ母様、リンクさんやマリアおば様の声が重なった。

「何だこれ、美味い。確かにもち米じゃないけど、餅に少し似たところがあるな」

リンクさんはいも餅が気に入ったようだ。あっという間に食べ切った。

「熱々でとっても美味しいわ。しっかり味がついていてこのまま食べられるのね」

マリアおば様も好きな味のようだ。

「ああ。本当に美味い。ジャガイモの味もするし、食感もいいな」

「片栗粉を入れると中がモチモチになるのね。それに外側がカリッとしていてとても美味しいわ」

そう。カリッ、サク、モチッという食感自体が美味しさの理由の一つだ。

どれもこっちの世界の料理ではあまり感じたことがない。

食感も美味しさを引き立てる立派な立役者なのだ。

カリッとしてモチッとするいも餅は、食感も楽しく、味も美味しかった。満足だ。


――ところで。

料理人さんたちの視線が痛い。

美味しいと言って食べる姿を見ていたら、誰でも食べたくなるよね。

ここにいる料理人さんたちは五人。

いも餅もちょうど五個残っているので分けてあげよう。

「りょうりにんしゃんたちも、どうじょ」

「「ありがとうございます!!」」

待ってました！　とばかりに一斉にフォークが皿に伸びる。

いつの間にフォークをスタンバイしてたのかな？　君たちは。

「「ほんとに、美味しいですっっっ!!」」

みんな、食べるタイミングも、感想のタイミングも同じだった。面白い。

「こんな食べ方があったなんて！　感動です!!」

マルト料理長が目を瞑《つむ》って堪能している。

「美味い～～!!　何個も食べたい！」

「ジャガイモあまり好きじゃなかったけど、この食べ方ならいける!!」

「揚げるっていいな！　美味い!!」

「これから料理のジャガイモが残ったらこれを作ろう！」

うん。でも、これ残り物料理だから。本来は違うんだよ。

「ふつうにじゃがいもゆでて、ちゅくってもおいちい」

かぼちゃでも美味しいよ、と言うと、

「色々試してみます!!」

とのことだった。今度王道のいも餅もやってみよう。

さて、まだまだお腹が満たされないので、次に移ろう。

次に私が何を作るか興味津々なのだろう。みんな私たちの周りにいる。

……ねえ。サンドイッチ作っていたはずの料理人さん。何でここにいるの？
ここにいたらサンドイッチはいつまでも出来上がらないよね？

4　えほんがおしえてくれました

「お手伝いします!!」

料理人さんたちが私たちの周りで目をキラキラさせている。

どうやらサンドイッチを作っていたことも完全に頭からなくなってしまったらしい。

――仕方ない。

サンドイッチを作っていたはずの料理人さんに、大鍋に入っていた作り置きのトマトソースを別の鍋に半分入れてもらった。

味見させてもらったら、にんにくや玉ねぎ、スパイスなども入っていて十分美味しい。

これならアレも美味しく出来るだろう。

トマトソースに砂糖を足して、弱めの中火で煮詰めてもらうことにした。

――トマトソースを煮詰めて作ろうとしているのは、トマトケチャップだ。

最初から作るとものすごく手間がかかるけど、トマトソースの作り置きがあるのを見て、これなら簡単に出来ると思いついたのだ。

だから、今日これから作るものはトマトケチャップの美味しさを堪能できるものにする。

そしてそれとは別に、ファイランさんにパンケーキの材料を用意してもらう。

もちろん、パンケーキも食べたいのだけど、それと同じ材料でもう一セット用意してもらった。

こちらは水分を半分にしたものだ。

パンケーキの材料と油――といったら、前世で大好きだったものが作れる。

そこで、何か作りたそうにしていたリンクさんにやってもらうことにした。

「アーシェ。何作るんだ?」

リンクさんが聞いてきたので、パンケーキの材料を指さして答える。

「あれ、おいるであげると、おいちいの」

「よし。分かった」

さっき初めて食べた揚げ料理が美味しかったので、リンクさんの瞳が期待でキラキラした。

料理長のマルトさんにソーセージを持ってきてもらって、木の串を縦に突き刺してもらった。

竹串みたいに細いので、二本。一本より安定して持てるだろう。

全部で十本。もちろん、これから作るであろう料理人さんたちの分もだ。

長いグラスにパンケーキの材料を混ぜ合わせたタネを入れて、そこにソーセージをつけ、衣をたっぷり纏わせる。

「これを揚げるんだな?」

「あい。おいるあちゅいから、きをちゅけて」

「ああ。分かった」

リンクさんが串部分を持って熱い油の中に投入すると、ジュワーッといい音が辺りに広がった。

やがて衣がベーキングパウダーの力で膨らんで、楕円形に近い、懐かしい形になっていく。

――そう。これは私が前世で大好きだったアメリカンドッグだ。

屋台やコンビニ、スーパーの総菜コーナーで見つけると必ず買ったものだ。

ちょっと甘い衣と、ソーセージの塩味と旨味のコントラストが素晴らしい。

そこに、トマトケチャップをたっぷりつけるのが私のお気に入りの食べ方だ。

それに、少し大きめのソーセージだったので、食べ応えも十分だろう。

「はああ。面白い料理ですね～～」

マルト料理長はリンクさんの隣に陣取り、きつね色にこんがりと揚がっていくアメリカンドッグに感心しきりだ。

「ソーセージは焼くかボイルするかしかやったことはなかったのですが、こんな使い方もあったのですね」

「これはなんて料理なんだ？」

「あめりかんどっぐ！」

「そんな名前なのか？」

「おうきゅうの、としょかんのえほんでみた!!」

そう。私は昨日までの三日間、王宮にいた。

うっかり王妃様に同調して意識《こころ》を飛ばし、魔力切れを起こして二日間休ませてもらっていたのだけれど、その後私の体調を心配したアーネストお祖父様やレイチェルお祖母様の勧めもあって、もう一泊してきた。

そして昨日、王宮で朝ごはんを食べた後、デイン家に戻ったのだ。

王宮ではレイチェルお祖母様が私のために図書館からたくさん絵本を借りてきて読んでくれた。

その中にアメリカンドッグの話が載ったよその国の絵本があった。

王宮の図書館は膨大な蔵書量で、この国でこれまで発行された本はジャンルを問わず、全部と言っていいほど保管されているそうだ。

また、他の国で発行されたものもたくさん加えられているとのこと。

――私はこの国の文字や久遠大陸の文字は読めるけど、その他の言語はまだまだだ。

けれどレイチェルお祖母様は本が大好きで、本を読むために色々な言語を覚えたのだそうだ。素直にすごい人だと思う。

アーネストお祖父様も、クリステーア公爵家が外交に携わる家なので、小さい頃からいろんな言語を教え込まれたのだそうだ。

なので、レイチェルお祖母様と一緒に、「せっかく王宮に来たのだから」とこの国で出回っていない絵本をたくさん読み聞かせしてくれた。

その中に、可愛い絵本があったのだ。

その内容を見た瞬間、直感で『日本の感覚がある』と思った。

それは別の大陸の絵本だったけど、私のように転生して前世の記憶を持った人《日本人》が描いたのだろうと思わずにいられない内容だった。

その古い絵本は、百年以上前のものだという。

可愛いぞうさんがいろんな場所に行って、色々な食べ物を探して歩く話で、私にとって懐かしい食べ物がたくさん描かれていた。

その中の一つがこれ。アメリカンドッグだったのだ。

「まあ。あの絵本に出ていたものなのね」

ローズ母様も一緒に読んでいたので覚えている。

「ソーセージを甘い衣で包んだもの、だったわよね。確かに、茶色くて棒が刺さっていたわね」

「ということは、他の国の料理なのですね」

「見たことのない文字だったから、たぶんとても遠い大陸の絵本なのだと思うわ」

ローズ母様も、外交官の夫と行動を共にする可能性があったので、近隣にある何か国かの言語を勉強していたとのことだ。

その母様が見たことがないと言うので、遠い大陸のものなのだろう。

「名前の由来は分かりませんが、これはアメリカンドッグという食べ物なのですね」

マルト料理長が言うと、ファイランさんも話し始める。

「小麦粉のことをメリケン粉という国もあるそうですよ。それにホットドッグに心なしか形が似ていますよね」

「確かに。その二つを足してみれば、何となく想像がつくな」

マルト料理長もファイランさんも、自分なりに想像して納得してくれたみたいだ。

確かに日本人はアメリカ産の小麦粉を『メリケン粉』と言っていた時代がある。昔の日本人が聞き間違えて『アメリカ（ケ）ン』から『ア』を抜いて広めてしまったからららしい。

それに、パンにソーセージを挟んだホットドッグならこっちの世界にもあるのだ。ソーセージが胴の長い『犬《ドッグ》』のようだという名前の由来もよく似ていた。

まあ、アメリカンドッグという名前になったのは、単純に日本人がアメリカで食べられていたコーンドッグを真似て作って名前にアメリカンってつけただけなんだけど。

絵本のおかげで、すんなりと皆納得してくれて良かった。一から説明しろと言われても難しいのだ。

「アーシェラ様。こっちのトマトソースが煮詰まりましたよ」

と、料理人さんが呼んだので見てみると、煮詰まって元の半量くらいになっていた。

味見をしてみると、ちゃんとトマトケチャップになっていた。

「かんしぇい。ありがと」

「いいえ。でも、こんなに味を濃くしてどうするんですか？」

うふふ。それはね。

「あとのおたのちみでしゅ」

にっこり笑って誤魔化す。やっぱりみんなで一緒にびっくりしてもらいたい。

「…………可愛い」

呟きが聞こえてるよ。ありがとう。

ちょうどいいタイミングでトマトケチャップが出来上がったので、みんなで食べることにする。

ケチャップとマスタードを皿に用意して、揚がったアメリカンドッグを大皿に盛って厨房の隣にある使用人用の食堂に移動。

パンケーキの衣に含まれている砂糖が揚げられたことで、甘くて良い香りが厨房と食堂に漂っていた。

「すごく、いい匂いがするわ」

マリアおば様が目を瞑って香りを堪能している。

「ええ。甘い香りね」

ローズ母様も頷いている。

「とまとそーすちゅけて。あと、ますたーどすきなぶんちゅけてたべりゅ」

「「分かった」」

皿にアメリカンドッグを一本取り、トマトケチャップをかけて少しスプーンで延ばし、マスタードをほんのちょっとつけた。

その私の行動を真似てみんなもトマトケチャップとマスタードをつける。

準備は出来たね？　では。

「いただきましゅ」

「「いただきます」」

続いて料理人さんたちも。

「「いただきます」」

ケチャップがついたアメリカンドッグを一口。

サクッとした食感。

——ああ。懐かしい味だ。甘くて美味しい。

二口目でソーセージに到達。

「美味しい!!」

「なんだ、これ！　うっま!!」

二口目でソーセージに到達した私よりも、一口でソーセージに到達した大人たちが、私よりも早く歓声を上げた。

「サクサクして美味しい!!」

「この衣がほんのり甘くて、ソーセージの塩味と旨味にすっごく合ってます!!」

「このトマトソースも、すっごく合いますね!!　煮詰めて凝縮させた意味が分かりました!!」

「確かに。普通のトマトソースじゃ合わないな。味も薄いし、垂れるし」

「美味い～！　アメリカンドッグも、トマトソースも美味い～～」

「マスタードもいいアクセントですね!!」

「「絶品です!!」」

どうやら全員に受け入れられたみたいだ。

ふふ。アメリカンドッグは私の好物なのだ。美味しいよね。

「揚げ物って美味いんだな。今まで知らなくて損をした気分だ」

「本当ね。サクサク、熱々でとっても美味しいわ」

リンクさんもマリアおば様も満足そうだ。

ローズ母様もひいお祖父様もニコニコしているので美味しかったのだろう。

「アーシェラ様。次は何をお作りになられるんですか？」

すでにマルト料理長をはじめ、料理人さんたちが立ち上がってスタンバイしている。

料理人さんたちは新しい料理に貪欲だよね。

——ならば遠慮なくみんなに手伝ってもらおう。

◇◇◇

せっかくトマトケチャップを作ったので、それをたっぷり使う料理にしよう。

玉ねぎをみじん切りにし、ベーコンと一緒に炒め、そこに残ったご飯を入れ、塩コショウ、ケチャップを入れてケチャップライスを作る。

料理人さんたちは、フライパンにご飯を入れる時もケチャップを入れる時も、一瞬ためらっていた。

この国でご飯を食べるようになったのは、昨年の秋、バーティア領で米を作ってからだ。

つまり、まだ四か月ほどしか経っていない。

なのでご飯料理のレパートリーはほとんどないに等しい。

具材にご飯を追加して炒めるのも、そこにケチャップを入れるのも初めてなのだ。

何となく腰が引けている料理人さんたち。

ご飯ものって結構レパートリーあるんだよ？

チャーハンとかどんぶりものとか、数え出したらきりがない。

――いつか別のものも作ってみよう。

でも今は、せっかくトマトケチャップが出来たのだから、オムライスが食べたい‼

それに美味しかったら料理人さんたちもこれから作ってくれるよね。

何しろ、私はまだまだ身体が小さいので、フライパンを駆使するには体力が足りないのだ。

誕生日プレゼントに貰った魔法付与されたフフイパンは小さめなので、オムレツは作れるけど、大量のケチャップライスは作れない。なので、量の多い料理は料理人さんたちに作ってもらうに限る。

そう思いながら出来上がったケチャップライスを小さい楕円形のお皿に詰め、別の平皿をかぶせてひっくり返す。そうすると簡単に綺麗な形が出来上がった。

そして成形されたケチャップライスの上に、とろっとろに作ってもらったオムレツをのせた。

――昔懐かしい、オムライスの完成だ！

私はケチャップライスを卵で包むより、とろとろな卵と一緒に食べるのが好きなのだ。

一つ盛り付けの例を見せると、さすがは料理のプロたち。

数分後には人数分が用意されて、使用人用の食堂にすべて並べられていた。

「んーと。かじゃりちゅけしゅるから、ちょっとまって」

「「かざりつけ？」」

みんなが首を傾げた。

――オムライスといえば、絶対にこれをやらなくては始まらない。

ケチャップライスの上にのせられたオムレツにナイフで一筋切り込みを入れると、オムレツが真ん中から割れて、トロトロした卵がふわりとケチャップライスを覆った。

うん。オムレツは完璧な仕上がりだ。さすがプロ。

「まあ。卵が鮮やかで美味しそうね！」

マリアおば様が感動の声を上げた。

そういえばオムレツは今までフォークで食べられる固さのもので、こんなに柔らかいのはなかったかもしれない。

マルト料理長がオムレツにもっと火を通そうとしたのを、念を押して柔らかく仕上げてもらったのは、ケチャップライスがとろとろの卵のドレスを着るようにしたかったからだ。

そして、黄色いドレスのような卵の上に、鮮やかな赤いケチャップで、ディークひいお祖父様の名前の頭文字を書いた。

ここには柔らかい素材のケチャップボトルはないので、スプーンを使って。

やっぱりちょっと難しかったけど。

「ひいおじいしゃま。あい、どうじょ」

一番最初は、ひいお祖父様に。

「――これは、私のイニシャルか……」

トマトケチャップで書いたイニシャルはちょっと歪《いびつ》だったけど、ひいお祖父様は目を細めて柔らかく微笑んだ。

「ありがとう。嬉しいものだな」

オムライスにはトマトケチャップで名前かメッセージを書き入れる。

これが前世での私の定番だった。

家族分作る時には、名前を書いて。

食が細くなった家族にはたくさん食べてほしくて、『元気！』とメッセージを書いたことを思い出した。

オムライスは家族のコミュニケーションツールだった。

次は大好きなローズ母様に。

「確かにこれは嬉しいですわね。ありがとうアーシェ」

そしてもちろん、マリアおば様やリンクさんにも。

「うふふ。本当ね、これは嬉しいわね」

「ああ。まるでプレゼントを貰った気分だな」

こんな簡単なことだけど、みんな笑顔になる。

そして、料理人さんたちのオムライスは大きめに作って一つの皿に盛り付けたものをみんなで食べてもらうことになっていたので、大きくハートマークを。

「「ありがとうございます」」

嬉しそうにみんなの目が細められた。

では冷めないうちにいただきましょう！

いつものお約束で「いただきます」をみんなで一緒にしてから、パクリ。

「おいちい！」

想像した通りのオムライスだ!!

懐かしい～～！

「うわ、美味い！」

リンクさんの簡潔な感想に、ディークひいお祖父様が頷く。

「うむ。確かに美味い」

「本当に美味しいわ……」

「とろとろの卵と、トマトのライスとの相性が抜群ね」

ローズ母様もマリアおば様も、オムライスを気に入ってくれたようだ。

「このトマトソース本当に美味いな！　煮詰めた分、旨味が凝縮してる！」

リンクさんがトマトケチャップを追いがけすると、

「デイン家でもレシピを貰いましょう。もちろん、今日のお料理全部よ」

マリアおば様も同様にトマトケチャップを追いがけしつつ、そう言った。

トマトケチャップのレシピと言っても大したことはしてないけど。

完成したトマトソースに調味料足して煮詰めただけだよ？

「これ、美味しいです!!」

料理人さんたちは一つの皿を皆でつついていたので、我先にと、スプーンを口に運んでいた。

何だか必死で、一口でも多く食べたいという気持ちが見えて、ちょっと可笑しい。

「美味しかったです!!」

お皿の上のオムライスが綺麗になくなってから、みんなで声を揃えて言った。息ピッタリだよね。

「うわぁぁ。もっと食べたい～」

「とろとろした卵がトマトソースのライスと絡み合って絶品だった」

「トマトソースを煮詰めるとこんなに美味しくなるんだな～」

料理人さんたちは、トマトケチャップが入った器を持って、感心して見ていた。

ちなみに、『トマトケチャップ』という名前はすんなりと受け入れられた。

『ケチャップ』とは『魚介やキノコ、野菜を材料にした調味料』という意味を持つ言葉なので、トマトを材料にした調味料《ケチャップ》として認識されたみたいだ。

そして、改めて「レシピを貰いたい」と言ったマリアおば様に、マルト料理長がにこやかに答えた。

「もちろんでございます。実は、デイン家別邸のクラン料理長からレシピをいただいた折に『調味料の適量事件』がありましたので、レシピは最初から書き留めておりました。大体の調味料の量もきちんと書き入れております」

あれ？　いつの間に。

というか、バーティア家別邸でも、クラン料理長の『適量』の文字が連なるレシピには首を傾げたらしい。

デイン家本邸でもクラン料理長が本邸の料理人さんたちにその曖昧レシピについて小言を言われていたそうだけど、リンクさんもマリアおば様もそれを知っているのだろう。「正しい判断ね」と笑っていた。

『オムライス』という料理名についても、すんなりと受け入れられた。

実はこれも、王宮で見た絵本に描かれていたと言うと、ローズ母様が補足してくれた。

「赤い食べ物に、オムレツがのっていたの。オムライスというのよね。描かれていた赤い食べ物はケチャップライスだったのね」

それを聞いて、みんなも、

「卵料理のオムレツとトマトケチャップを使ったライスの組み合わせなんだな」

と納得してくれたようだ。

あの絵本に載っていた昔懐かしい食べ物はまだまだあるけれど、またいつか作ろうと思う。

――あの絵本は本当に郷愁を誘う。

ところどころに昔ながらの日本の風景も描かれていたのだ。

日本人なら誰でも知っている富士山。

大好きだった桜の花。他にも色々。

思わず涙が出そうになった。

絵本の最後のページに書かれている作者の名前が日本人っぽくて、その国では有名な人で本名だというから、転生者なのだろうと想像がついた。

会ってみたいけれど、絵本自体が百年以上前のものなので、おそらくその人はもうすでに転生の輪に戻っているだろう。

そんなことを思っていたら。

――ふと、料理人さんの一人が厨房に戻っていくのが見えた。

そうだった！　もう一つお願いしていたものがあったのだった。

◇◇◇

「どれも美味しかったわ～！」

マリアおば様の素直な感想に、みんな深く頷いている。

良かった。どれも私の好きな料理ばっかりだったのだ。

「ところで、さっきからまた揚げ物の音がするが、何だ？」

実は、みんなで歓談している間に、料理人さんにレシピを伝えてもう一品作ってもらっていた。

これも、思い出したら絶対に食べたくなったのだ。

揚げ物がこの国になかったというのなら、あれも初めて食べるものだろうと思う。

楽しみで笑みがこぼれる。

「さいごに、あとひとちゅ」

「揚げ物だな。楽しみだ」

そう言うリンクさんに、皆が同意している。

私が好きな、揚げたいも餅もアメリカンドッグも絶賛されたので、次のものも絶対に受け入れられるはずだ。

ふふ。次のもみんなが絶対に好きな揚げ物だよ。

少し経つと、料理人さんが厨房から出てきた。

「――お待たせしました。アーシェラ様からジャガイモの揚げ物を指示されていたのでお作りしました」

ジャガイモの揚げ物。

――そう、私の大好きな『フライドポテト』だ。

あの、熱々の美味しさが堪らないフライドポテト!!

持ってきたのは、軽食のサンドイッチを作るはずだった料理人さん。

名前はカリオンさんといって、黒髪にこげ茶色の瞳の、二十代の若い料理人さんだ。

カリオンさんは、さっきオムライスの作業中に突然サンドイッチのことを思い出して「申し訳ありません～!!」と思いっきり謝罪してきたので、サンドイッチの代わりに、フライドポテトを作るよう、手順を教えてお願いしていたのだ。

だから、オムライスの試食が終わると早々に厨房に戻り、調理してくれていた。

オムライスの試食前に下ごしらえは済んでいたので、揚げるだけだ。

軽く小麦粉をまぶし、低温と高温で二度揚げして、熱々のうちに塩を振ったシンプルなフライドポテトだ。

いも餅やアメリカンドッグを作った時から、フライドポテトが食べたくてしょうがなかった！

ポテトが揚がっていくと、香ばしい香りが食堂まで漂ってきていた。

ふああ～！　香りがすでに美味しい～！

「すごくいい香りがするな」

「香ばしいですね」

そう。フライドポテトの香りは食欲をそそる。

昔ドライブスルーでフライドポテトを購入し、『家に帰ってから』と思っていたのに車内に充満したいい香りに負けて手を出してしまった。

そもそも揚げたて熱々で食べるのが一番なのだ！　と自分に言い訳しつつ美味しくいただいた。

家までたった五分の道のりなのに、その五分が待てなかったな～と懐かしい記憶が甦る。

ここにいるみんなも絶対に好きな味だ。

一度食べ出したらやめられないし、止まらなくなること請け合いだ。

それにせっかくケチャップを作ったのだから、塩味だけではなく味の変化も楽しめるだろう。

カリオンさんが持ってきたフライドポテトの皿は、私たち用と、料理人さんたち用に一枚ずつ。

「へえ？　ジャガイモを切って揚げたのか」

「はい。水にさらして水気を切ったジャガイモに軽く小麦粉を振って、揚げたものです——どうぞお召し上がりください」

カリオンさんは自信に満ちた表情で、フライドポテトをみんなに勧めた。

一人厨房でフライドポテトを作っていたカリオンさんは、厨房で揚げたてを試食していたのだろう。食べてみないと分からないからね。

揚げたてのフライドポテトは本当に美味しいのだ。

カリオンさんも美味しかったらしく、私を見て深い笑みを浮かべつつ頷いていた。

試食する時の一口目は、みんな同時に、という暗黙のルールが出来たらしい。

「いただきます」の言葉の後、みんなで一緒にフライドポテトをぱくり。

「うっま！　これ、うっまい!!」

リンクさん、今日一番の反応だ。

「うむ。塩味がついてこのまま食べれるのだな。これは美味い」

「揚げるとジャガイモの表面がカリッとして、中がホクホクになるのね。シンプルだけどとっても美味しいわ」

「さっきのいも餅は表面がカリッとして、中がホクホク、モチモチだったわ。こっちは素材そのままなのね。とっても美味しいわ！」

そう。ジャガイモは揚げただけで美味しくなる野菜の代表格だ。

一つ食べると、その美味しさでエンドレス。なくなるまで食べ続けてしまうのだ。

「塩味だけなのに本当に美味い」

「揚げただけで、ジャガイモがこんなに美味しくなるんですね」

「カリッとしてホクホクして、美味しいです！」

「揚げるっていい調理法ですね！」

料理人さんたちもフライドポテトの虜になったようだ。

それに今のは揚げたてだし、本当に美味しい。

「「美味しいです!!」」

「「うまーい!!」」

おかわりのフォークが誰一人止まらない。

一つのフライパンで一度に揚げられる量は限られているので、この人数で食べたら、本当にあっという間になくなった。

「――とまとけちゃっぷ、ちゅけるとおいちいのに」

私がそう言う前に、お皿の上のフライドポテトはもうすでにみんなのお腹の中だ。

私がポツリとこぼした言葉に反応したのは料理人さんたちだ。

全員が目をカッと見開いて、

「もう一度作ります！　お待ちくださいʼ!!」

と言って、一斉に厨房に戻って行った。

なぜ、全員？　と思ったら、

「これだけ美味いならもっと食べたいって思うよな〜」

とのリンクさんの言葉に、ディークひいお祖父様やマリアおば様も同意していた。

「うむ。ジャガイモ料理で一番美味いと思ったぞ」

おや。ディークひいお祖父様、ハマりましたね。

「本当ね！　ジャガイモって料理の付け合わせにすることが多いけど、同じ付け合わせなら、私こっちの方がいいわ！」

そう言うマリアおば様にローズ母様が同意している。

「ええ。そうですわね」

「付け合わせの量じゃ全然物足りない！」

とリンクさんが力いっぱい主張している。

どうやらがっちり心を摑まれたようだ。

うふふ。やっぱりフライドポテトは美味しいよね！

厨房ではカリオンさんから手順を聞いて、全員で大量のジャガイモを処理しているようだ。

こっちの世界のジャガイモはアクが少なく水にさらす時間が少なくて済むので、調理時間が短縮できる。

三十分もすると、大量のフライドポテトが再びテーブルに載った。

どうやら揚げるフライパンも増やして作ったようだ。

最初の量に比べて十倍はあろうかというフライドポテトが大皿に盛られている。

うわあ、すごい量だ。

「じゃあ、塩味とトマトケチャップをディップしたのを食べ比べしましょう!!」

マルト料理長の仕切りで再びフライドポテトに手が伸ばされる。

「本当だ。トマトケチャップつけると味が変わって美味い」

「そうね。塩味だけでも十分美味しいけど、トマトケチャップでも美味しいわ」

私も塩味で十分に美味しいと思う。

でも、トマトケチャップがあると味の変化を楽しめる。

「しおあじ、しゅごくおいちい。たまに、とまとけちゃっぷちゅけるのがしゅき」

その言葉に料理人さんたちが思いっ切り頷いた。

「「本当ですね!!」」

「塩味でも美味しいですが、たまにトマトケチャップをつけると味に変化があって楽しいです」

「美味しいです～！」

あんなにたくさんあったフライドポテトが、またあっという間になくなった。

ジャガイモが苦手だと言っていた料理人さんも、ものすごい勢いで食べていた。

「これからは、このトマトケチャップも調味料として常備します!!」

「じゃあ、出来上がったものを商会の家にも貰いたいわ」

「はい！　ローズ様！　ご用意いたします!!」

どうやら商会の家にもトマトケチャップが常備されそうだ。

トマトケチャップは作るのにとても手間がかかる。

前世のようにミキサーもないし、すべて手作業なのだから完成までは本当に時間がかかる。

料理人さんたちが作ってくれるのなら本当にありがたい。

ケチャップのレシピを書いているマルト料理長を見ていて、ふと思い出したことがあった。

それで『ホットドッグを食べる時、アメリカンドッグと同じようにトマトケチャップとマスタードをつけて食べると美味しい』というようなことを言ったら、すぐに料理人さんが反応して細長いパンや材料を用意してきたので、料理人さんたちにリンクさんも加わって、ケチャップとマスタードを付けたホットドッグの試食となった。

え？　まだ食べるの？　と思ったら、『料理人は食べて味を覚えるのが重要』なのだそうだ。納得。

これまでホットドッグは、パンに挟んだ野菜と味が濃いソーセージだけの味で食べる料理だった。

それだけでも美味しいけど、トマトケチャップとマスタードをつけたらもっと美味しいのにな～

と思っていたのだ。

「俺はケチャップとマスタード付けた方がいいな！」

と、気に入った様子のリンクさん。

「トマトケチャップの旨味と酸味と甘味、マスタードのアクセントが加わって、さらにホットドッグが美味しくなりました」

と、料理人さんたちにも受け入れられたようだ。

「こんな食べ方もいいですね！」

とマルト料理長も絶賛してくれた。

バーティア家別邸のマルト料理長が書いたレシピは、バーティア家本邸のトマス料理長と、ディン家別邸のクラン料理長にも渡すのだそうだ。

今日作った料理は、いも餅に、トマトケチャップ、アメリカンドッグにオムライス。そしてフライドポテト。

――何だか久しぶりに料理をした気がする。

ローディン叔父様が出征してから、食事の用意のお手伝いはしていたけれど、自らこうやって作ることはしなかった。

そういう気力が出なかったからだ。

――でも。

ローディン叔父様は、私たちのこの日常を守るために戦争に行ったのだから、と少しずつ少しずつ心を落ち着かせてきた。

そして、優しい人たちが私をいつも気遣ってくれていたから、やっと前を向こうと思うことができた。

――大丈夫。私はここでローディン叔父様を待つよ。優しい人たちと一緒に。

――だから。ローディン叔父様。絶対に無事に帰ってきて。

そしたら、オムライスにトマトケチャップで『大好き』って書くから。

「――おじしゃまにも、おむらいすちゅくってあげたいでしゅ」

そう呟くと、ひいお祖父様やリンクさん、ローズ母様やマリアおば様が驚いたように目を見開いて私を見た。

ああ。ローディン叔父様が出征していってから、自分からこういうことを言うのは初めてかもしれない。

すごく心配かけてしまっていたのだと思う。ごめんね。

「かえってきたら、おむらいすちゅくって、『だいすき』って、かく!!」

みんなの表情がふと和らぎ、目を細めて微笑んだ。

「――ああ。ローディンも喜ぶぞ」

「ぎゅうぎゅう抱きしめて離さないぞ、あいつ」

「ふふ。目に浮かぶわね」

うん。たぶん、ぎゅうっと抱きしめて、頬ずりもしてくれるはずだ。

ローディン叔父様が無事に帰ってきた日は、オムライスを作ろう。

――そう決めた。

5　教会でのきせき

今日はデイン辺境伯家がオーナーをしている菓子店に行く日だ。

約束は午後だったので、午前中は女神様の菊の花が咲く王都の教会に行くことにした。

秋に一度行ったきりで、あの時は教会に身を寄せていた人たちに困窮した周辺住民たちが嫌がらせをするという困った事態になっていた。

だいぶ改善されたと聞いてはいたけれど、ずっと気になっていたのだ。

それはリンクさんやセルトさんも同じだったようで、私が言うより先にリンクさんが「教会に行こう」と提案してくれた。

マリアおば様やディークひいお祖父様も、女神様の花が咲く教会に行ってみたいということで、ローズ母様も連れ立って、みんなで菓子店に行く前に立ち寄った。

教会の敷地内は以前とは打って変わって明るい雰囲気になっており、礼拝堂や菊の花の咲く森も、たくさんの人で賑やかになっていた。

「まあ！　アーシェラちゃん。お久しぶりね。元気だった？」

礼拝堂で祈りを捧げた後、菊の花の咲く森に向かった私に声をかけてくれたのは、以前来た時に一緒に菊の花の料理をした、茶色の髪と瞳のサラさんだ。

ちょうど摘み終わったかごいっぱいの菊の花を持って、森の中から出てきたところだった。

「まあ！　アーシェラちゃん。お久しぶりね。元気だった？」

サラさんの双子のサラサさんもすぐ後に続いて出てきて、同じ言葉をかけてくれた。

うむ。さすが双子。顔も声も言葉も同じだ。

「あい！　げんきでしゅ。しゃらしゃんとしゃらしゃしゃんは？」

うーむ。まだまだサ行が舌足らずだ。

「うふふ～。とっても元気よ」

以前会った時はどこか怯えた感じがあったけど、今はすっかり明るくなったようだ。

けれど、二人は私のすぐ後ろにいた銀髪の麗しいマリアおば様や、ローズ母様、貴族然としたディークひいお祖父様に気が付き、さっと緊張したようだった。

慌てて頭を下げる二人に、

「ふふ、緊張しなくても良いのよ。ここは女神様のいらっしゃるところ。女神様の前では誰もが平等なのだから」

「うむ、その通りだ」

と、マリアおば様とひいお祖父様がそう言う。

その言葉にサラさんとサラサさんが目を丸くする。

たぶんそんな感覚は今までなかったのだろう。

——この国には歴然とした身分制度がある。

平民と貴族、そして王族。

そしてその身分ごとの外見的特徴が顕著である。

平民は濃い髪色をしていて、魔力を持たない。

たまに平民の家系に魔力持ちが出ることはあるが稀であり、しかも祖先を遡ると貴族がいるらしい。

平民の数に対して圧倒的に数が少ない貴族は、金色か銀色の髪を持って生まれる。そして一様に魔力を有しているのが特徴である。

私は魔力の有無の違いが身体的特徴に現れているだけだと思うのだけど、『国の中でも数が少なく貴重な存在』ということから、貴族の中にはその容姿を持っただけで自らが特別な人間であると勘違いし、平民を虐げるような者もいるのだという。

その勘違い貴族の一人が、サラさんたちが元々住んでいたところの領主である。

以前ローディン叔父様やリンクさんがサラさんたちの出身地を聞いた時、「ああ、あそこの領主は評判が良くない」と言っていた。

確かに。戦争で夫を亡くして寡婦になり、生活が苦しくなった領民への援助もせず、彼女たちを放り出したも同然だったのだから。

さらに彼女たちは生まれてからその地を離れるまで、一度も領主の顔を見たことはなかったのだそうだ。

私の住んでいるバーティア子爵領では、ローディン叔父様やひいお祖父様、ローズ母様は市井の人たちと気軽に話をするし、領民たちとの距離も近い。だから、領主によってずいぶん違うんだな、と思った。

リンクさんもマリアおば様も同様で、デイン辺境伯領も領主と領民との距離が近いことが分かる。

実際、マリアおば様はサラさんたちに気軽に話しかけている。

マリアおば様やひいお祖父様が、身分を振りかざしていばる元領主とは違うということに、彼女たちが気づいてくれるといいいな。

◇◇◇

——さて、菊の花を見に来たのだけど、この世界の菊の花は背が高いので私の背丈では咲き誇る花を見ることができない。

やっぱり来たからには森の奥まで続く、黄色の絨毯のような鮮やかな光景を見たい。

「ひいおじいしゃま。だっこちてほちいでしゅ」

「ああ、おいで。アーシェラ」

ひいお祖父様がにっこりと笑って私に手を伸ばそうとすると、

「まあ！　私が抱っこするわ。アーシェラちゃん。おば様の方にいらっしゃい」

とマリアおば様が声を上げた。

「マリアはさっき馬車の中でずっとアーシェラを膝に乗せていただろう」

ひいお祖父様がムッとして言うと、側にいたリンクさんが「またか」と呆れ顔をした。

マリアおば様もひいお祖父様も私を抱っこするのが好きらしい。

私は抱っこが大好きなので嬉しいけど。

「二人でアーシェの争奪戦するのはやめてくれよ」

とリンクさんが窘めなければならないほど、二人ともいつも譲らないのである。


前述したように、マリアおば様は私の令嬢教育の先生となり、菓子店の立て直しの件も相まって、バーティア領をよく訪れるようになった。

ひいお祖父様が以前魔法学院の教師をしていたことは周知の事実だが、実はマリアおば様も結婚前は貴族の子息や令嬢の家庭教師をしていたとのことだ。

元々マリアおば様の実家であるフラウリン子爵家は、バーティア家やデイン家と同じく教育に力を入れていて、おば様自身も領民の子供たちに勉強を教えていたらしい。

そして先代のフラウリン子爵の方針で、マリアおば様は子爵家を継ぐ前の修業として身分を伏せた上で、他の貴族の屋敷での家庭教師も始めた、という流れだそうだ。

その修業中にロザリオ・デイン辺境伯との仲が進展して、デイン辺境伯家に輿入れすることになり、当然ながら家庭教師は辞めたという。

『子供たちに教えるのは本当に楽しくて。――本当は結婚しても続けたいくらいだったわ』

と言っていた。

とはいえ、貴族の女性が結婚後も働くなど滅多にできることではない。

もし続けたとしても、高位貴族であるデイン辺境伯の夫人ともなれば、政敵もいる。辺境伯の弱点として狙われる危険性もある。ゆえに結婚を機に辞めざるをえなかったらしい。

実際政敵ではなくとも、家庭教師をしていた頃、マリアおば様の美しさに劣情を抱き無体を働こうとした輩がいたという。当然その者はロザリオ・デイン辺境伯により処罰されたが。

――女性が働くとは、そういう危険性も多々あるということなのだ。

そういうわけで、後ろ髪を引かれながら家庭教師を辞めたマリアおば様は、以前リンクさんが予想した通り、私の令嬢教育の先生に嬉々として立候補し、私の四歳の誕生日の後、頻繁に商会の家に出入りするようになったのである。

そして商会にはローディン叔父様の出征後、ひいお祖父様も毎日のように来るようになった。そして二階の住居部分の方に来ると、私を膝に乗せるのがお決まりのコースなのである。


そんな二人が私の前で出くわすと、大体こうなるわけで。

「私、おじ様と違ってあまりアーシェラちゃんに会えないのですから、譲ってくださってもよろしいのではないでしょうか」

マリアおば様が不満を込めて言うと、ひいお祖父様は、

「マリアはアーシェラをいつまでも離さないだろう。遠慮するのはやめたのだ」と話す。

ああ、お決まりの流れだ。こうなったら長いのだ。

このままだといつまで経っても菊の花を見ることができない。今日はこれから予定もあるのだからそんなに時間の余裕もないのに。

——仕方ない。

私は二人の側から離れ、セルトさんに手を伸ばした。

「せるとしゃん、だっこ」

ここは争っている二人ではなく、第三者のセルトさんを選ぶのが正解だろう。

それにどちらかを選んだら、気になってゆっくり菊の花を見ることもおぼつかなくなってしまう。

「はい。菊の花をご覧になりたいのですね」

すぐにセルトさんは微笑んで抱っこをしてくれた。

ちらりと見ると、二人ともショックを受けた表情をしていた。

その隣ではリンクさんが、「いい選択だな！」と肩を震わせて笑っている。

そして、ローズ母様も。

「ふふ。マリアおば様、お祖父様。アーシェを可愛がってくれてありがとうございます。母として嬉しいですわ」

「二人とも愛情過多だけどな」

うん、マリアおば様やディークひいお祖父様に初めて会ってからまだ数か月だけど、私はすごく可愛がってもらっている。とっても嬉しいし幸せだ。

視界の隅に、あっけにとられたサラさんとサラサさんが見えた。

それでいてどこか笑いをこらえているように見える。

さっきまで、『貴族』という存在にどこか緊張していたのに、私がディークひいお祖父様に抱っこをせがんでからの一連の展開を見て、すっかり緊張がほぐれたらしい。

サラさんとサラサさんはリンクさんやディークひいお祖父様、マリアおば様やローズ母様にもきちんと挨拶をしていた。

「奥様！　リンク様。パーティア様も。皆様、こちらにいらっしゃるのならご連絡くだされはお出迎えしましたのに」

私たちの会話が聞こえたのか、デイン商会のカインさんが、小さい建物から飛び出してきた。

実は、菊の花が咲く森の一角に、新たに作業場が建てられたのだ。

「突然思い立ったのよ。ここが菊の花の加工場ね」

「はい。教会の厨房では手狭でしたので、デイン商会で出資して建てました」

どうやらここで菊の花の加工品を作っているらしい。

菊の花が食用にも薬にもなるので、教会は加工作業のために近所の奥さんたちを雇ったのだそうだ。その明るい声が教会の中に響き渡っている。

サラさんやサラサさんはその担当責任者だそうで、彼女たちの子供も明るい笑顔で菊の花を摘むお手伝いをしていた。

「あの日以降、ならず者たちが教会に押し寄せて来ることはなくなりました」

カインさんがにっこりと笑った。

「どうやら誓約魔法がきっちりと機能しているようで良かったな」

「ええ、薬師のドレンさんには感謝しかありません。おかげで近所の人たちも怯えずに教会に来ることができるようになりました」

あのならず者たちは教会にいた人たちの他に、礼拝のために訪れる近所の人にも難癖をつけていたそうだ。どこまでもしょうがない連中だ。

けれど、菊の花の加工品を作るために近所の奥さんたちが教会に通い始めた頃から、近づいてこなくなったのだそうだ。

たぶん、誓約魔法できっちりとその身に罰を受けたのだろう。痛そうだ。

でも、みんなが安心して暮らせるようになって本当に良かった。

大人の男性に怯えていたサラさんとサラサさんの双子の子供たちも、数か月経ってだいぶ恐怖心が薄れたのか、リンクさんやひいお祖父様に素直に抱っこされていた。

まだちょっと笑顔がぎこちないけど、心の傷が早く癒えてくれることを祈るのみだ。

以前は貰い物の女の子の服を着させられていたランくんも、男の子の服を買ってもらったらしい。

サラさんとサラサさんは、デイン商会の仕事とドレンさんの薬屋の仕事での給金で、新たに服を買ったのだそうだ。ランくんの瞳と同じ青いズボンが似合っていた。

秋に役人の不正が発覚した後、各教会の現状について調査がされ、教会への維持費がキチンと支払われるようになって、食事内容もだいぶ改善されたという話を聞いた時は本当に安堵した。

以前のままの食事では、栄養がとれず、病気だって治り切らないだろうし、子供たちだって成長に支障をきたすだろうと思っていた。

贅沢はできないけれど、きちんとした食生活が送れるようになったことは、本当に良かった。


「カインさん。干し菊の梱包終わりましたよ」

ひょっこりと作業小屋から出てきたのは二人の男性。

一人はこげ茶色の髪と瞳、一人は茶色の髪と瞳。

二人とも三十代の働き盛りの男性に見える。

その二人をカインさんが招き、私たちに挨拶をさせた。

「紹介しますね。この二人、この教会で数か月前まで寝たきりだったんです」

「え？　それって戦争の後遺症で障害を負ったとかいう？」

リンクさんが驚いて言う。

私も驚いた。障害のせいで教会をたらい回しにされ、レント司祭が赴任してきた後にこの教会に受け入れられたとのことだ。

でも今すたすたと歩いてきたよね？　どこに障害があったの？

二人はカインさんに促されて自己紹介をした。

「はい。初めまして。私はトッツオといいます。二年半ほど前に徴兵されてアンベール国側に行きました」

「初めまして。マリオンと言います。トッツオと同じアンベール国側で、敵側の魔術に巻き込まれたみたいで。命は助かったのですが、身体を動かすことが苦痛になってしまったのです」

二人は、たくさんの人が亡くなった中で、自分たちが生きていたことが不思議だったと話す。

二人の話を聞いたディークひいお祖父様が厳しい瞳になった。

「まあ！　でも、今は元気よね。どうしてかしら？」

マリアおば様が目を瞠って聞くと、

「菊の花を食べるようになってから身体が動くようになりました」

と答える、こげ茶色の髪と瞳をしたトッツオさんと、茶色の髪と瞳をしたマリオンさん。

その二人が声を揃えて言った言葉に、私もみんなも驚いた。

この教会に咲く菊の花は女神様の花。

効能は、解毒・鎮痛・解熱・消炎作用と色々あるけれど、魔術の毒にも効果があったということか。

「まあ！　菊の花の解毒作用って、魔術にも効くのね!!」

マリアおば様は女神様の花だということを知っている。すぐに理解して感嘆の声を上げた。

「すごいな……」

ひいお祖父様もリンクさんも思わず呟いていた。

一般の薬草で魔術の毒を消し去ることは不可能だ。

分かりやすく言うと、幽霊にモノを投げつけるのと同じことだ。全く意味がない。

魔術の毒には、かけた本人よりも強い魔力を持つ者が無毒化する魔術をかけるしかないと教えてもらった。

魔術には魔術で。これが基本だ。

実は、マリオンさんたちは優秀な治癒師がいると言われていた教会を転々としていたらしい。

しかし、二人にかけられた魔術の毒は強力で、誰も治すことができず見放され、結果あちこちの教会をたらい回しにされていたそうだ。

その間、二人とも治る見込みがないと絶望していたと語る。

——それが、今こうして元気になっている。

女神様の花の効能は本当にすごいのだと、改めて認識した。

菊の花が魔術の毒も無効化できるとは知らなかった。

「すごい効能ですよね!!　私はずっとこの二人の状態を知っていたので、どんどん良くなるのが目に見えて、嬉しくって」

デイン商会のカインさんはレント司祭に頼まれて、他の教会から『面倒を見ることができない』と放り出されそうになったトッツオさんとマリオンさんを、この教会へ運んだとのことだった。

だからこそ、二人のことが気になって様子をよく見に来ていたそうだ。

それもあって、その後一向に良くならない二人が、菊の花のおかげでこうして元気になったことが嬉しくてしょうがないと涙を浮かべながら話していた。

すると、二人が魔術によって体を侵されていたことが気になったのか、

「少し診《み》させてもらえるか？」

とひいお祖父様が診察を申し出た。

バーティア家は血筋的に『治癒』の力を持っていて、ひいお祖父様も例外ではないらしい。

二人からは「もちろんです」という答えが返ってきた。

「じゃあ、リンクとセルト。手を貸してくれ。二人の鑑定の力を合わせて魔術の痕跡があるか調べる」

「そんなことできるんだ。いいよ」

「もちろんでございます。大旦那様」

ひいお祖父様の指示でマリオンさんの右肩にはリンクさん、左肩にはセルトさんが手を置いて、
二人同時に「鑑定」と呟く。

そして、ひいお祖父様が何らかの魔術陣を発動させた。

するとマリオンさんの頭の上に白く輝く魔術陣が現れ、ゆっくりと頭から足元へと降りていき
――やがてすうっと消えていった。

「何をされたのですか？　お祖父様」

ローズ母様が聞くと、ひいお祖父様が説明する。

「魔術の攻撃で性質《たち》の悪いものは、長期間身体の内側に影響を残す。場合によっては死ぬまで残る

ものもある。今、彼の中にそんな魔術の悪しきものが残っていないかどうか調べたのだ。――だが、おそらくは菊の花の解毒作用で浄化されたのだろう。綺麗に魔術は消えていた」

もう一人のトッツオさんも同様の結果だった。

「やっぱり、菊の花はすごいですね!!」

「「嬉しいです!!」」

カインさんが感嘆し、トッツオさんとマリオンさんも、ひいお祖父様に問題なしとの太鼓判を押され、本当に嬉しそうだった。

男性でもう一人教会に身を寄せていた老人も、ひいお祖父様の診察を受けた。

老人はトムさんといい、何十年も前にジェンド国から移住してきた人だ。

ひいお祖父様によると、幼い頃からの微量な毒の摂取の積み重ねで、毒素が内臓に溜まっていた痕跡があるとのこと。

それを聞くと、トムさんが頷いて話し出した。

トムさんは生国のジェンド国の中でも貧しい村に生まれ、青年になってアースクリス国へ移住を決めるまで、ひもじさゆえに微量だが毒のある植物を、そうと分かっていながら口にして飢えをしのいでいたという。それだけ貧しかったのだ。

その植物を長年にわたって食していたために、毒素が身体の内側に溜まっていて、年を取り身体が弱ってきた頃に、それが病気として表に出たとのことだった。

けれどそんなトムさんも、菊の花のおかげで身体の毒素が消えて動けるようになり、高齢ゆえに無理はできないとはいえ、菊の花をほぐす軽作業ができるまでに回復したとのことだ。

　男性たちは菊の花の料理を食べ始めた日から体調に変化があった、と話した。

「二年もろくに動かなかった身体なのに、菊の花のスープや料理を食べる度に、内側から黒いモノが剝がれ落ちていく感じがしたんです」

「ええ、私もです。それまでどうやっても力が抜けていって身体が動かせなかったのですが、菊の花を食してから、自分の意思で力を入れられるようになったんです」

「それは自分一人ではなくて、症状が違う他の人たちも同様で、菊の花を口にした日を境に回復していったんです」

「私たちは奇跡を、この身で体験しました」

　トッツオさんの言葉に、マリオンさんとトムさんも何度も深く頷いた。

「三日もすると、元通りに身体が動くようになったんです。――たった三日で。そして、マリオンやトムおじいさんと一緒に菊の花の摘み取りの手伝いを初めてした時のことです。――私はあの日のことを絶対に忘れません」

　トッツオさんは、自らの意思で動かせるようになった両手を見ながら話す。

「森に入って、手や足など、菊の花に触れた場所から身体が軽くなって、重苦しかったのが消えていったんです」

　これは、症状が重かったマリオンさんも体験したことらしい。

　菊の花の料理を食べれば体調が回復し、さらに自生している菊の花に触れると急激に楽になった。

寝たきりで、食事も下の世話もすべてしてもらっていたトッツオさんとマリオンさん。

生きていることすら辛くて、命を絶ちたくとも、それすらできなかった。

彼らは、絶望の中にずっとずっといたのだ。

――それが、あの日を境に劇的に変わった。


女神様の教会のほとりに咲く菊の花。

食することもできて、薬にもなる。

事実、食べれば劇的に体調が改善していく感覚も、触れると悪いものが消えていくような感覚も。

――己の身をもって知った。

他の植物ではありえない、花を摘んでも翌日にはまた満開の花を咲かせる様も――

初めて菊の花を口にしてから一週間もすると、完全に健康を取り戻していた。


「――これが、女神様の御業《みわざ》でなくて何であろうか、と思いました」

トッツオさんの言葉に、マリオンさんもトムおじいさんも頷いた。

「その後、大神殿の神官長様や神官様方が訪れ、菊の花に敬意を表しながら菊の花の株を採取していく姿を見て、菊の花が女神様の花であることを私たちは確信しました」

三人は菊の花が咲く森を見ながら、敬意を込めて深々と頭を下げたという。

――そして彼らはこの教会で、遠い戦地で戦う同胞たち、そして病気に苦しむ人たちのために菊の花の加工品作りと普及に力を入れていくとの決心を語ったのだった。

◇◇◇

私たちは菊の加工品作りの様子を見た後、礼拝堂の中に戻った。

お昼が近いためか、参拝者はもう誰もいなかったので私たちだけだ。

「リンク、セルト。さっきは助かった。私だけでは鑑定し切れなかったからな」

「……ああ。あれ、過去の魔術を鑑定したんだよな」

「私の力で過去の身体への影響を視られたのですね」

すごい。ひいお祖父様、過去に使われた魔術も視ることができるんだ。

「リンクはモノ。セルトはヒトを鑑定できるからな。リンクの力で、使われた魔術《モノ》を。セルトの力で身体《ヒト》への影響を視た――あれは闇の魔術師の禁術だった」

「……視たものを魔術で共有してたから、俺にも分かった。アンベールはなんてものを飼ってるんだ」

リンクさんは顔をしかめてため息をついた。

「正確にはそういう魔術師が『居た』という過去形だ。禁術によって彼らの生命力は魔術師に繋がって吸い取られていたようだが、糸は完全に切れていたし、繋がっていた先は消滅していた」

なんと。人の生命力を奪い取る。そんな恐ろしい魔術があるのか。

「禁術はとてつもなく強力だ。人の命を魔術の媒介にするがゆえに、本来の数十倍から数百倍の強さを持つ。それは、術者が死ななければ基本的に解くことはできない。――レント前神官長が『治癒』を施せなかったのももっともだな」

神官長の位にあった強い魔力を持つ人が手を出せないほどの強力な魔術。

「過去形とおっしゃいましたが――アンベール国の闇の魔術師は死んだのですか？」

セルトさんがディークひいお祖父様に聞いた。

「それが、さっきの鑑定で確信できた」

「『確信した』とは、もしや以前にどなたかから聞いていらっしゃったということでしょうか？」

セルトさんがいつもと違って続けざまに、ひいお祖父様に問いかける。何故か必死さがにじみ出ている。

「ひと月ほど前に、クリステーア公爵からな。闇の魔術師は十数年前からアンベール国に巣くっていたらしい。その魔術師が数年前に暗殺者として砦に現れて、クリステーア公爵と対峙したそうだ。――詳しくは話せぬが、その闇の魔術師は数か月前に死んだと」

「闇の魔術師が死んだ、と。そうクリステーア公爵様がおっしゃったのですね」

「ああ、闇の魔術師は、人の命を使って強力な術を駆使する。――戦場で使われたのは、禁術だ。命を狩る術だな。あの二人は即座に命を取られなかったが、術で縛られ生命力を奪われ続けていたから、身体を動かすこともできなかったのだろうな。とことん相手を絶望の淵に追い込む、悪趣味な魔術だ。――だが、闇の魔術を切り裂くのは光だ。女神様の光《カ》を内包した菊の花によって彼らはその鎖を断ち切ることができたのだろう」

「――すごいな……」

「女神様の菊の花って、すごいですわね……」

それまで静かに話を聞いていたローズ母様もポツリと言った。

食べることができて薬にもなる。それだけではなく、強力な闇の魔術も消してくれる。

「クリステーア公爵が闇の魔術師の最期を見たそうだ。魔術師はいなくなっても、魔術師が生前に行使した魔術の弊害は残るはずだが――それを、女神様の花が浄化してくれたのだろう」

そう言うと、ひいお祖父様はセルトさんを見た。

「開戦後、不審死した遺体はアンベール国側で確認されていたからな。闇の魔術師がいなくなったことは、セルト、お前にとっても朗報だ」

「はい。貴重な情報をくださり、ありがとうございます」

「今日出がけにクリステーア公爵から連絡があった。アンベール国に行くお前に直々に頼みたいことがあるそうだ。次にアーシェラが登城する時は一緒に行ってこい」

確かに私は、これからクリスウィン公爵領に行く予定があるのだけど、その後バーティア領に戻る前にもう一度登城する約束をしていたのだった。

セルトさんはその言葉に驚いたように目を瞠った後、深々と頭を下げた。

「承知いたしました」

私は教会の長椅子に座っていたので、頭を下げたセルトさんの顔が見えた。

どことなく安堵しているような表情なのはなぜだろう?

「さあ、そろそろ約束の時間になるから、移動しよう」

そうだ。今日は午後からも予定があるのだ。

帰る前にもう一度、菊の花の咲く森をリンクさんに抱っこされながら見渡した。

見渡す限りの鮮やかな黄色の絨毯。

この一輪一輪が、みんなを飢えや病気からも救ってくれるのだ。

数か月前はみんな、いろんな理不尽なことに必死に堪えていたけれど。

今は大人も子どもも瞳を輝かせて前向きになっていた。

ちゃんと食事がとれて。

ここにいてもいいという安堵感。

そして、誰にも罵倒されることのない日々はどれほどの安心感をもたらしてくれるものだろうか。

今日はこの教会の菊の花の活用方法を模範例《モデルケース》にして広めるために、神殿や王宮の担当者が視察に来ていて、そこにデイン商会やドレンさんの店の薬師の人も加わり、レント司祭様も忙しいようだった。

マリオンさんやトッツオさんは今後デイン商会に入って、各地の教会に咲いている菊の花の普及に努めるのだそうだ。これ以上はない人選だろうと思う。

これから菊の花は、アースクリス国各地で、サラさんやサラサさんたちのような女性や子供たちを飢えから救い、そして、マリオンさんたちのような魔術の傷を抱えた人たちをも元気にしてくれることだろう。

6　ツリービーンズでみつけたもの

「いらっしゃいませ。マリア様！　初めまして！　アーシェラちゃん！」

ここは王都の商店街の一角にある、デイン家オーナーの菓子店。

名をツリービーンズと言う。

もともとマリアおば様のお友達がやっていたお店だ。

「メイヤ、『様』は付けないで」

「だって。マリア様はオーナーですもの。他の職人の手前、キチンとしなきゃ」

そう言うメイヤさんは銀髪碧眼の美人さんで、どことなくマリアおば様に似ている。

「あなたと私は縁戚でもあるのよ。『様』を付けられると、他人になった気がするわ」

やっぱり。メイヤさんはマリアおば様の緩やかな銀髪をストレートにすればすごく似ている。年も大体一緒かな？

「いいわね？　『様』は付けないで。じゃなきゃアーシェラちゃんのおみやげあげないんだから」

「ええ〜〜！」

メイヤさんは雰囲気もマリアおば様に似ていた。ふんわりと優しい感じがする。

「お母さん、店の入り口なんですから大きい声はやめてください。マリアおば様、いらっしゃいませ」

店の奥から職人さんの恰好をした若い男性が出てきた。

銀髪に青い瞳をした甘いマスクのイケメンさんだ。年の頃はローディン叔父様と同じくらいかな？

「やあ、マルクス。久しぶり」

「ああ、リンク、久しぶり。――もしかして、この子がアーシェラちゃんかな？」

マルクスさんはしゃがんで私と視線を合わせてくれた。

子どもに挨拶をするために、そういう風にしてくれる人は少ない。

計算高くパフォーマンスでやる人もいる（商会でそういう人を見てきた）が、マルクスさんは裏の意味などなさそうだ。それに笑顔が優しい。

「あい。あーしぇらでしゅ。よろちくおねがいしましゅ」

「こちらこそだよ。僕はマルクス・ツリービーンズ。よろしくね。――本当はお父さんにも会ってほしいんだけど、今朝餅つき中に腰をやられて、休んでいるんだよ。ごめんね」

ぎっくり腰か。痛そう。

「治療院で診てもらったし、治癒もかけてもらったから数日で治るよ。大丈夫」

「そうなのね。じゃあ、忙しいわよね。日を改めた方がいいかしら」

とマリアおば様が言うと、メイヤさんが「大丈夫よ」と笑った。

「今日と明日の商品は、予約のバター餅と焼き菓子だけにしたの。デリケートなクリームのケーキは見習いの職人だけではまだ店頭には出すことはできないから」

本職の職人さんは他に二人いたそうだが、一人は独立して故郷で店を開き、もう一人は今徴兵されてジェンド国国境に行っているそうだ。

なので、本職の菓子職人はメイヤさんの旦那様のマークシスさんだけなのだが、今朝予約分のバター餅用の餅つきをしていて、ぎっくり腰になってしまったそうだ。気の毒に。

「誕生日ケーキも予約が入ってなかったから、ラッキーだったわ」

ショーケースは保存魔法がかかったガラス張りになっていて、前世で見たケーキ屋さんのショーケースにそっくりだった。

その中にはバター餅や焼き菓子、クッキーが陳列されていた。

菓子職人《パティシエ》さんの芸術的なケーキがたくさん並んでいるところを見たかったけど、仕方ない。

いつもケーキが並んでいるという場所の隣には、以前私が前世の知識をもとに提案した、数字のバースデーキャンドルがたくさん並んでいた。

人気なのはピンクとブルー。やっぱり可愛い色が付いている方が人気で、花や剣などモチーフがついているものは子ども用に、シンプルなものは大人がよく購入していっているようだ。

「この頃は誕生日ケーキに数字のキャンドルをセットで買っていくお客さんが多いの」

その他にも、キャンドル目的だけで来店する人もいるそうだ。

少し前まで、この国でケーキにバースデーキャンドルを飾って火を吹き消すという習慣はなかった。

　だけど、バースデーキャンドルを暗闇で吹き消した時の、主役ならではの特別感はひとしおだ。祝う方も祝われる方も楽しいし、嬉しいのだ。

「お店の中ではお客様が入ってきた時、私たち邪魔になるわね。休憩室に移動しましょう」

　厨房の中を通り、そこから休憩室に入る。休憩室から奥は居住空間なのだそうだ。

　厨房には焼き菓子の甘い香りが残っていた。

「あまいにおいがしゅる」

「ええ。焼き菓子の良い香りね」

　すぐに、メイヤさんがたくさんのお菓子を用意してくれた。

「ツリービーンズのクッキーとパウンドケーキよ。どうぞ」

　お皿の上には、たくさんの種類のクッキーと木の実のパウンドケーキ。

　クッキーはバターたっぷり、ナッツたっぷりで美味しい。

「おいちーい！」

　さすがは菓子職人の作ったお菓子だ。すごく美味しい。

「うむ。美味いな」

「こちらもどうぞ。昨日作ったシュークリームで申し訳ないのだけど。アーシェラちゃん、シュークリーム好きだって聞いていたから。保存魔法の箱に入っていたから大丈夫よ」

「しゅーくりーむ！　だいしゅき!!」

「まあ、ありがとうございます。アーシェは本当にシュークリームが大好きなんです」

「真っ先に手に取るよな。それもカスタードじゃなく、生クリームの方が好きなんだよな」

うん。濃厚なカスタードも好きだけど、生クリームの方が好きなのだ。

ミルクのコクとあのふわっとした軽いくちどけのクリームが大好きだ。

「生クリームの入ったシュークリーム、美味しいわよね。分かるわ～」

メイヤさんがうんうんと頷いた。

「私、子供の頃からお菓子が大好きだったの。いろんな店のお菓子を食べていたのだけど、魔法学院の同級生だった旦那様から、ケガの手当てのお礼にって、この生クリームの入った手作りのシュークリームを貰って。それがとっても美味しくって！　このシュークリームで心を摑まれてしまったのよ」

「お母さん……それ耳タコです」

今まで何百回も聞いたのだろう。マルクスさんが呆れ顔だ。

でも、このシュークリームは本当に美味しい。

メイヤさんは心だけではなく胃袋も摑まれてしまったのだろう。

「旦那様は、魔法学院に通っていた時に、菓子職人の見習いもしていたのよ。魔法もできて、ケーキも作れるなんてすごいでしょ！　それに優しいところもあって。私にはこの人しかいない！　と思って。猛アタックして射止めたのよ!!」

メイヤさんは魔法学院卒業後、ツリービーンズ家のマークシスさんに嫁いだのだそうだ。

あれ？　そういえば、ツリービーンズ家って？

本来平民には名字がない。

名字を名乗れるということは、マークシスさんは貴族なんだろう。

私が家名を呟いて首を傾げたのを見て、ひいお祖父様は私の疑問を察したのだろう。

「マークシス殿はツリービーンズ男爵家の三男で、爵位は継げないが貴族なのだよ。ツリービーンズ男爵家は職人気質《かたぎ》の者が多くてな。私が王都でよく立ち寄る魔法道具店は次男のマイク殿が経営しているのだ」

へえ。そうなんだ。

いつかひいお祖父様がよく使う魔法道具店にも行ってみたいな。

――ツリービーンズ男爵家は猫の額ほどの小さな領地とのこと。

長男が後を継いだが、その他の子供たちは外に出てそれぞれに職人の仕事をする店を構えるのが常だという。

ひいお祖父様の言う通り職人気質の者たちが多く、いろんな分野の職人がいるらしい。

鍛冶職人や魔法道具を作る職人、服飾の職人。そして、この店のように菓子職人となって店を経営する人もいる。

マルクスさんが説明を加える。

「ツリービーンズ男爵領はそう裕福なところじゃないからね。戦争が起きてから売り上げが落ちて、うちの店が傾いた時も男爵家に資金援助なんて頼めそうもなかったから、菓子店を閉めようと思ったんだ。そしたら、マリアおば様がオーナーになってくれて。――本当に助かったよ。おまけにバター餅のおかげで店も持ち直したし。本当にありがたい」

「あら。私、この店を買い取ったつもりはないのよ。このお店が大好きだから、なくしたくなくて資金援助しただけよ。でも、買い取ったことにしないと、他の所も資金目当てに群がってくるから便宜上デイン家の菓子店にしているだけ。いつでも経営権はあなたたちに返すつもりでいるわよ」

だから、頑張りなさい、とマリアおば様がにっこりと微笑んだ。

「本当にありがとうございます。マリアおば様。いつか、きちんとお返しします。お金も、ご恩も」

「ふふ。マルクスが美味しいお菓子を作ってくれることが恩返しよ」

「うっ……頑張ります」

マリアおば様の言葉にマルクスさんがちょっと苦笑いして答える。マルクスさんはまだまだ見習いなのだそうだ。

◇◇◇

「今日はケーキを作らないから、作業はほとんど終わりなんだ」

他に二人いた見習いの職人さんは今買い出しに行っているとのことだった。

いつものように材料を見せてもらうと、菓子店で使う小麦粉などの粉類や砂糖、ドライフルーツといった各種材料があった。

もちろん、もち米もたくさんストックされていた。

そして、小麦粉の大きな袋が何個も置かれた脇に、同じような大きさだけれどパッケージの異なる袋がたくさん置いてあった。

「これは、いろんな種類の豆です。ツリービーンズ男爵領は豆類が多く採れるんです。まあ家名にも『豆《ビーンズ》』が入ってるのは、当時の国王陛下が男爵家の領地の特色を見てお付けになったからでしょうね」

「しょうなんだ」

家名はアースクリス国王が決めて臣下に与える。

だから、四公爵家にすべて『クリス』がついていて、ものすごく間違えそうになるのは、仕方ない。王様から貰ったんだものね。

「麦も採れるけど、なぜか野菜とかの作物はあまり採れなくて。だけど、豆だけはどこの領地よりも種類が豊富で、収穫量も多いんです」

「フラウリン子爵領も豆類多いよな」

「そうね～。他の野菜も採れる点はツリービーンズ男爵領と違うけれど」

フラウリン子爵家はマリアおば様の実家で、将来リンクさんがフラウリン子爵となって継ぐところだ。

「なので、我が家では豆料理をよく食べます。だからこちらは菓子用ではなく食事用ですね」

そう言ってマルクスさんが、袋の口を次々と開けて見せてくれた。

「レンズ豆、ひよこ豆、レッドキドニー、金時豆、黒豆、大豆……」

すごい。まだまだいろんな種類の豆がある。とら豆やうずら豆もある。

「これら大きい粒のものはよく売れるんですが――こちらのものは、小さくて需要がないんですよね。なので全部領地内で消費されているんですが」

――と、マルクスさんが言って、次に開けた袋の中に入っていたのは。

暗い黄みを帯びた赤色の、小さな豆――小豆《あずき》だった。

◇◇◇

――小豆だ!!

「小豆です。渋抜きしてから料理して食べますが、あまり調理法がなくてツリービーンズ領でも人気がないんですよね。今年は作付けをやめようかと言っているんです」

え？　小豆だよね？　思いっきりスイーツに向くんだよ？

「あじゅき、おしゃとういれて、にないの？」

「食事用だよ？　スープに入れたりサラダにしたりして食べる。砂糖なんて入れたことないよ」

私にとって、『小豆』と言ったらお赤飯とあんこのお菓子。

マルクスさんたちとは逆で、砂糖を入れて使うお菓子用の豆という認識だった。

「『アーシェラちゃん。お砂糖入れると美味しいの？』」

マリアおば様とメイヤさんが同時に聞いてきた。

「あい。おまめ。おしゃとうでにるとおいちぃよ？」

「そうね。金時豆にアーシェがお砂糖入れてじっくり煮込んだ煮豆を作っていたわね」

「ああ。あれな。あれは美味かった」

ローズ母様とリンクさんは商会の家で何度も食べている。

「そうなのか。私は食べたことがないな」

そういえばひいお祖父様にはまだ食べてもらってなかった。

「ええ。商会の家で以前作ったものですから。簡単ですわよ。水で戻した豆を一度茹でて汁を捨ててから、再度水と砂糖を入れて時間をかけてじっくりと煮るんです。甘くて美味しかったですわ」

うん。金時豆の煮豆はほっくりとして美味しいのだ。

白ささげ豆もほっくり。

黒豆も奥深い旨味があって美味しい。

豆の種類で、煮豆の味が変わる。

前世ではいろんな豆を煮豆にして食べていた。

商会の家では金時豆がよく手に入ったので、そればかり使っていたのだ。

ツリービーンズ領に、いろんな種類の豆があると知れて嬉しい。

とら豆やうずら豆などは豆自体の味が美味しいので、煮豆にすると濃厚な旨味が出るのだ。

前世ではとら豆やうずら豆は、煮豆になった状態で売ってなかったので、よく産直で乾燥した豆を買って作ったものだ。

今度ツリービーンズ領からいろんな種類の豆を仕入れてもらおう。

「そうなのですか……豆は食事用としか認識していなかったし、どの豆も砂糖で煮たことはなかったですね」

「じっくりと煮て形が崩れるくらい柔らかくなると、とっても美味しいんです」

そう。スープやサラダに入れる豆は歯ごたえがある感じだけど、煮豆は少し煮崩れるくらいが美味しい。

「まあ、何だかとっても美味しそうね」

「乾燥した豆を一晩水戻ししてからでなくてはできないので、今度お作りしますわ。おば様」

「ほう。楽しみだな」

ローズ母様の言葉に、マリアおば様とひいお祖父様が嬉しそうに微笑んだ。

すると、マルクスさんが急に立ち上がって厨房に行くと、すぐに大きなボウルを持って戻ってきた。

「実は、食事用に水戻ししておいた金時豆があるんです！」

ツリービーンズ家では、毎日一度は豆を使った料理を食べるとのことだ。

今日の夕飯用にと、昨夜から水戻ししていたという、金時豆が大きなボウルに入っていた。

マルクスさんとメイヤさんが、目をキラキラさせて、ローズ母様を見ている。何を言いたいかは一目瞭然だ。

もちろん、ローズ母様の答えはＹＥＳだ。

「では、厨房をお借りしていいでしょうか？」

にっこりと笑って了承する。

「ええ！　ローズ様、お願いしますわ！」

メイヤさんが満面の笑みで頷いた。

さっそくみんな隣の厨房に移動して、金時豆を鍋に入れ、火にかける。

煮豆は時間がかかるけど、調理自体は簡単だ。

一度茹でて茹で汁を捨て、再度水を入れて、柔らかくなるまでじっくりと煮る。

しっかり柔らかくなってから砂糖を入れ、塩を少し入れる。

煮詰まるまでに時間がかかるけれど、焦がさないようにかき混ぜる。それだけだ。

――それじゃあ、私は。

「あじゅきも、にりゅ」

「どれ、俺がやる」

リンクさんが調理役を買って出てくれた。

小豆をさっと洗って、そのまま鍋に入れて火にかける。

「水戻しはしなくていいのか？」

「ちいしゃいから、だいじょうぶ」

「確かに小さいな」

金時豆と同じで一度煮た小豆をザルに取って汁を捨て、再度水を入れて煮る。

「やわらかくにえたら、おしゃとういれて、にちゅめる」

「金時豆の時と一緒だな。仕上げに塩を少し入れるんだよな」

「あい」

塩を入れると甘さが引き立って美味しいのだ。

前世では、煮豆を作る時は圧力鍋で一気に煮て、後はレンジで煮詰めるという簡単な方法で作っていたけど、こっちの世界には圧力鍋もレンジもない。シンプルにじっくりと煮て作る。そもそもこっちの方が一般的な作り方なのだ。

そういえば前世では、砂糖ではなく水飴やザラメ糖を入れて煮豆を作っていた。水飴は照りを出すし、ザラメ糖はゆっくり溶けるので、煮豆を作ったり小豆を煮る時に最適なのだ。

だけど、どっちもまだこっちの世界で見たことがないから砂糖だけで作る。それでもとっても美味しく出来るから問題ない。

「小豆、水分がなくなって形が崩れてきたぞ」

「あい。しょのくらいで。できあがりでしゅ」

スプーンでちょっと味見をすると、ちゃんと粒あんになっていた。

私はザルで裏ごししたこしあんより、粒感が残った粒あんが好きなのだ。

「こっちも出来たわ」

「食べてみましょう。旦那様も呼んでくるわね」

少しすると、メイヤさんが旦那さんのマークシスさんを支えながら連れてきた。

マークシスさんはマルクスさんと同じ、銀髪に青い目をした、年齢の割に若い印象のイケメンさんだ。とっても柔らかい笑みで挨拶してくれた。

「バター餅を教えてくれてありがとう！　こんなみっともない姿で挨拶することになって申し訳ない……」

腰に手を当てていて、すごく痛そうだ。

見かねたひいお祖父様が『治癒』を施すと、少し楽になったようだ。

『治癒』を重ね掛けすると治りが早くなる。

私が去年ラスクを作っていて椅子ごと転んで胸を打ち付けた時、ローディン叔父様とローズ母様が治癒を重ね掛けしてくれたのを思い出した。確かに苦しさと痛みが急激に薄れていったのだ。

マークシスさんも、曲がっていた姿勢が少し真っ直ぐになっていた。――これが、重ね掛けの効果か。

「ありがとうございます。バーティア先生。痛みが取れるまで二日かかると言われましたが、これでだいぶ楽になりました」

その言葉で、マークシスさんもひいお祖父様の生徒だったのだと分かった。

じゃあ、マークシスさんと同級生だと言ったメイヤさんも、ひいお祖父様の生徒だったのだろう。

「礼には及ばん」と言っているひいお祖父様、かっこいい。

「実は、おみやげを持ってきていたのよ！　これも一緒に食べましょう！」

皆が揃ったので、さあ煮豆と粒あんの試食を、という時にマリアおば様が保存魔法をかけたバスケットを開けた。

中には、アメリカンドッグとフライドポテト。そしてケチャップとマスタードだ。

「何これ？」

マークシスさんたちは、親子揃って広げられたものをしげしげと見ている。

「うふふ。このお料理はね。昨日アーシェラちゃんが作ったのよ。すっごく美味しかったから、料理人に作ってもらってきたのよ」

そう言いながらアメリカンドッグにケチャップを塗り、マスタードを付けて、ツリービーンズ親子三人に渡す。

その間に私たちも自分の分を用意する。

アメリカンドッグもフライドポテトもバーティア家別邸の料理人さんたちが作ってくれた。

さすがはプロの料理人さんたちだ。昨日初めて作ったのに、完璧な仕上がりだ。

それに保存魔法のおかげで熱々である。

「いただきましゅ」

「いただきます」をみんなで言って、ぱくり。

ああ。やっぱり美味しい。

「美味しい!!」

「熱々でサクサクで美味い！」

「中に入っているのはソーセージね！　外側が甘くて、中はソーセージの旨味と塩気で、すごく美味しいわ!!」

「この表面にかかってるトマトケチャップっていう、ソース、すっごく美味い!!」

マークシスさんやメイヤさん、マルクスさんも、初めて揚げ物を食べたそうだ。

本当にこの国には今まで揚げ物がなかったんだな、と再認識した。

三人とも、あっという間にアメリカンドッグを食べ切った。

「美味しいでしょう！　そっちのフライドポテトもおすすめよ！」

マリアおば様が満面の笑みで勧めた。

「こっちも美味しい!!」

「何これ！　外側がカリッとして、中がホクホクしてるわ！」

手が止まらないフライドポテト。やっぱりあっという間になくなった。

「『揚げる』という調理法。すごいな……」

マークシスさんもマルクスさんも、もちろんメイヤさんも。オイルで揚げた美味しさに感動していた。

「うふふ。美味しいでしょう。アーシェラちゃんの作るものは、美味しいのよ」

「何で母上がアーシェを自慢するんだ」

「いいじゃないの。アーシェラちゃんはうちの家族よ。可愛い子を自慢して何が悪いの」

当たり前だと言いたげな、マリアおば様のその言葉が嬉しい。

ツリービーンズ親子は、アメリカンドッグもフライドポテトも大絶賛していた。

うん。揚げ物美味しいよね。

――さあ、次は金時豆の煮豆と、小豆で作った粒あんの試食だ。

◇◇◇

「じゃあ、まず金時豆で作った煮豆から」

ガラスの器に盛られた金時豆はふっくらと煮上がり、砂糖でツヤが出ていた。

みんなで「いただきます」をして、パクリ。

ああ。懐かしい。金時豆にお砂糖の甘味が溶け込んだ、ほっとする甘さだ。

日本人の味覚を持つ私にはたまらない。

時折少し煮崩れた豆のとろっとした部分がたまらなく美味しい。

「美味しいわ！」

「本当だ。これは『菓子』だな。――逆になぜ今まで砂糖を入れて煮てみなかったのか」

「豆はスープとサラダに入れることしか考えてなかったですからね」

ツリービーンズ親子は豆の新しい食べ方を発見して驚いていた。

「ふむ。なかなか美味い。豆の溶けたところがいい感じだな」

「今までにないデザートね。甘くてとっても美味しいわ～」

ひいお祖父様とマリアおば様にも好評だ。

「こっちの小豆は、小さいからほとんど形がなくなったけど、それが良い感じだな。すごく美味い」

「ええ。小豆の甘煮もとっても美味しいわね」

ツリービーンズ親子も、「ここまで煮ると渋みが抜けて美味い！」と驚いていた。

「豆はデザートになるのだな」

「試しに器に入れて売ろうかしら」

「いいね。甘煮を販売して、あと、素材の乾燥豆も陳列して別売りしたらどうかな。いろんな豆を知ってもらえば、需要が少ないとら豆やうずら豆も売れるかもしれません」

あれ？　とら豆やうずら豆ってあんまり人気ないの？　美味しいのに。

「いろんなまめのあまに。ぱうんどけーきにいれるとおいちい」

「そうね!!　やってみるわ！」

「いいな、それ！　豆が産地のツリービーンズ領から来た菓子店ならではの商品になるな。明日さっそくやってみよう！」

盛り上がったものの、乾燥豆を新たに水戻ししなければならないので、すぐにはできない。

後日完成したパウンドケーキをご馳走してくれると約束してくれた。楽しみだ！

「この小豆も美味しいな」

「つきたてのおもちにちゅけてたべるとおいちい」

「そうなのね！　次にお餅をついたら試してみるわ」

「じゃあ、そのうち家でも餅つきをするか」

ひいお祖父様がそう提案した。

「そうですわね。お餅はすぐに固くなってしまいますから」

「余ったらバター餅にすればいいしな」

——どうやら、バーティア家でもあんこを作ることになりそうだ。

「この小豆、融通してくれるか？」

「もちろんですよ。バーティア先生」


そして、小豆と言えば。

私の中で外せないメニューがある。

「めいやおばしゃま。ぱんとばたーほちいでしゅ」

「うん？　お腹空いたの？」

メイヤさんが首を傾げた。

「いや、この小豆の違う食べ方があるんだよな？　アーシェ」

リンクさんが補足してくれる。ありがたい。

「あい！」

用意してくれたのはコッペパンのような細長いパン。

物が挟めるように真ん中にスリットが入っている。

うん、これなら入れやすい。

「かあしゃま。ほちがきにいれるみたいに、ばたーきってほちい」

「ええ。分かったわ。それをパンに挟むのね？」

「あい。にたあずきも、いっちょにはしゃむ」

パンに甘いあんこと、バター。

前世でよく食べた、あんことバターをサンドしたパンだ。

あんパンを買って、家でバターをたっぷり付けて食べるくらい好きだった食べ方なのだ。もれなくお腹周りがあやしくなるけれど。

それにこの国には乳製品がたくさんあり、バターやヨーグルト、チーズなどは安価なのだ。

「そうか！　小豆も干し柿も甘い。それなら塩気とコクのあるバターと一緒にすれば絶対に美味いな！」

リンクさんは干し柿のバターサンドが大好物だ。

甘いものとバターの黄金タッグ。その美味しさの想像がついたようで、にんまりと笑った。

「干し柿って何？」

「柿ってそのまま食べるんじゃないの？」

ふむ。まだまだ干し柿は浸透していないようだ。

確かに、干し柿は今のところ、バーティア領とカレン神官長の実家周辺でしか作られていないからね。

リンクさんが干し柿のことを説明している間に、ローズ母様があんバターをサンドしたパンをみんなの分も作っていく。パンは五個。半分にカットしてみんなが食べられるようにした。

もちろん、見習い職人さんたちの分も取り分けておく。

「いただきましゅ」

はむ。

――ああ。やっぱり美味しい。

最初に粒あんの甘さがきて、その甘さにバターのコクと塩気が舌の上で混じり合う。

「「うわ！　美味い!!」」

マークシスさんや、マルクスさん、そして、味の想像がついていたはずのリンクさんが声を揃えた。

「小豆の甘さに、バターの旨味と塩気が口の中で絶妙に絡み合うわ！　とっても美味しい!!」

「甘いものとバターって相性がいいんだな。今までパンに塗るか、食材として中に練り込むことしかしてこなかったが」

「バターをこんなに厚く切ったのを直接食べたのは初めてですが、小豆の甘さに絶妙にマッチしていますね。すっごく美味しいです！」

「『本当に美味しいわね』」

マリアおば様とローズ母様も好きな味のようだ。

「うむ。これはいいな」

ひいお祖父様も甘いあんこは大丈夫そうだ。

甘いものが苦手だとこれはちょっと甘すぎるだろうから。

「柿もバターと一緒にしたら美味かったからな。これもなかなかに美味い」

「この食べ方いいな！」

「甘くて、しょっぱくて絶妙だわ！」

「小豆がこんなスイーツになるとは意外でした」

菓子職人に太鼓判を押してもらえた。良かった。

うむ。甘煮をずっと食べていて口がすっかり甘くなってしまった。

よし。口直しにあれを作ろう。ちょっとさっぱりするだろう。

「よーぐるとくだしゃい」

「はーい！」

メイヤさんは素直に冷蔵庫からヨーグルトを持ってきてくれた。

大きな容器に入ったヨーグルトを小さな器に入れてもらい、粒あんを添える。

粒あんをかき混ぜずに、ヨーグルトと一緒に粒あんを掬って食べる。無糖のヨーグルトの酸味とあんこの甘味、そしてとろっと感の組み合わせが絶妙なのだ。

「おいちい」

うん。久しぶりのベストマッチ感。本当に美味しい。

「ホントだ。美味い」

「へええ。これはいいな。ヨーグルトのスッキリ感と、コクのある甘煮がすごく合う」

「これは金時豆の甘煮より、小豆の甘煮の方が合うな」

おや、マークシスさん。すでに両方試したみたいだ。

私はあんこをヨーグルトに入れるのが好きなのだ。

一見ミスマッチのように思えるけど、びっくりするくらいハマる食べ方である。

ただ、ぐるぐるかき混ぜてしまうとあんこの美味しさが感じられなくなるので、かき混ぜないのが美味しく食べられるコツだ。

「本当に全部美味しいわ！」

「今までずっと豆を食べてきたのにな。初めて食べるものばかりだった」

「豆のスイーツを色々打ち出してみます。他の菓子店とも違う特色が出せるだろうし」

「まずはパウンドケーキを明日作ってみますね」

うん、菓子職人ならすぐに色々やれるだろう。

それに、パンじゃなくてもさっきのあんバターサンドを再現できる方法がある。こっちの方が菓子店に合うかも。

「ちっちゃくて、あんまりあまくないぱんけーきふたちゅに、ばたーとあじゅきのあまに、はしゃむ」

　そう、これはバターが入ったどら焼きだ。

「それはいいわね！　パンを仕入れなくても済むわ」

「あじゅきのあまにだけでもいい」

「それぞれお客様にも好みがあるからな。よし、二種類作ろう。バター入りと、バター無し」

「しょれと。ぱんけーきのころもに、あずきのあまにをいれて、あげるとおいちい」

「よし！　作ろう‼」

　瞳を輝かせて立ち上がったのは、店主のマークシスさんだ。

　あれ？　すっくと立ったけど、腰は大丈夫？

◇◇◇

「パンケーキの材料で水分を少なくしたものを作って、この小豆の甘煮を入れて包む」

「お父さん、オイルの用意できましたよ」

「で、これを『揚げる』のだな」

　マークシスさん、初めての揚げ作業に少し腰が引き気味なのが面白い。ちなみに腰は痛みを感じなくなったらしい。治ったのか、それとも興奮していて感覚が麻痺しているのかは不明である。前者であることを祈ろう。

おそるおそる平べったく成形した小豆入りの生地をオイルに投入すると、ジュワーッと揚げ物特有の音が厨房に響き渡った。

「おお、膨らんでいくぞ。面白いな」

マークシスさんとマルクスさんが真剣にフライパンの中を覗き込んでいる。

メイヤさんも気になったのか、近づいてきて興味深そうに見つめている。

メイヤさんはお菓子がとても好きで、昔は好きが高じて自分でも作っていたということだけど、マークシスさんのプロポーズが『君の食べる菓子を一生僕に作らせてくれ』だったので、それ以降、菓子作りはしていないと教えてくれた。

うむ。菓子職人らしいプロポーズだ。

ふわあ！　と感動していたら、「マリアが受けたプロポーズも素敵よ」と教えてくれた。

マリアおば様が綺麗な笑顔で、「ふふ。長くなるので後で教えるわね」と約束してくれた。楽しみだ。

何度か小豆入りの生地をひっくり返すと、こんがりと綺麗なきつね色になってきた。

「さっき食べたアメリカンドッグに似た色になりましたよ」

「そろそろいいかな？」

「あい。しょのくらいで」

この色になったら、生焼けの部分はなくなっているだろう。

ザルに上げ、軽く油を切った後、こんがり揚がったものに砂糖を振りかける。

――私の大好きなあんドーナツの完成だ!!

さっそく出来たてをみんなで試食。

サクッとした食感。

オイルの旨味とお砂糖の甘味。

そして小豆独特の旨味が絶妙に口の中で絡まり合う。

ああ、懐かしい。

「「美味しい……」」

みんなの声が重なった。

「中の小豆の甘煮の美味さがすごく分かる」

「それに外側のオイルの旨味と、サクッとした食感がいいな」

「外側にかかったお砂糖がおしゃれね。それに甘くて美味しいわ!!」

菓子店のツリービーンズ親子はもちろんのこと、リンクさんやマリアおば様、ローズ母様は甘いものに目がない。

ひいお祖父様に関してはこんなに甘くて大丈夫だろうか？　と心配をしたけれど、杞憂だったようだ。

「一つでは足りんな」と呟いていた。美味しかったんだ。

もちろん私も好きな味だ。

「あんどーなつ、おいちい！」

「『あんドーナツ？』」

みんなが首を傾げた。

そういえばドーナツはこの国にはなかったのだ。揚げ物自体がなかったのだから、ドーナツという料理も料理名も、初めて見聞きするものだろう。

「ああ！　そうですわね、ご説明しますわ。このお料理《ドーナツ》、別の大陸の絵本に描かれていたんです」

ローズ母様がすかさずフォローしてくれた。ありがたい。

アーネストお祖父様やレイチェルお祖母様に絵本を読んでもらったあの時、すべての料理名を私が大きい声で何度も言っていたのを記憶しているのだろう。

——料理も背景の絵も、あまりに懐かしくて。胸がいっぱいになって泣きそうになった。

本当は、あの絵本が欲しかったくらいだ。

だから、あの本だけ何度も繰り返し読んでもらったのだ。

それでローズ母様も覚えてしまったのだろう。

アーネストお祖父様やレイチェルお祖母様に何度も読んでもらって、指で絵を触って、何度も何度も料理名を私が言うから。

「そうなのか。他の大陸では絵本に描かれているほど有名な料理なのか」

菓子職人のマークシスさんの言葉に、ローズ母様が頷いた。

「そうだと思いますわ。絵本の作者はその大陸の貴族階級の方とのことです。文字は私では読めなかったのですが、アーシェに読み聞かせしてくださった義父がそう言っておりました」

「なるほど。その大陸ではこういった揚げ物という料理が浸透しているんですね」

マルクスさんが頷くと、その後をマークシスさんが繋いだ。

「『あん』は生地に包むものの総称で、『ドー』は生地。では『ナッツ』は？」

「ナッツはナッツでしょうね。上にクルミがのってました」

マークシスさんの疑問に、ローズ母様が答えた。確かにあのドーナツの絵にはクルミがのっていたし、前世での由来もそうだ。

「それなら、今度はこのドーナツにクルミやナッツをのせるか、生地の中に入れることにしよう」

うん。それはいいかもしれない。

「これ、材料がうちのツリービーンズ領で採れるものばかりだから、原価も抑えられるし、いいな」

「小豆は今まで他では食べられなかったから、物珍しさも手伝って売れると思います。それに揚げたものというのもなかったですから、いいですね」

「貴族の方たちばかりじゃなくて、庶民の人たちにも安価で売れるわよね」

メイヤさんが声を弾ませた。

「お隣のパン屋さんがお店をやめちゃったから、さっきの小豆の甘煮とバターを挟んだパンもうちで出したらどうかしら。たくさんは出せないけど少しならうちの見習い二人にパンを焼いてもらえると思うの」

お隣のパン屋さんは高齢だったので、つい最近引退して娘夫婦のいるところへ引っ越ししたのだそうだ。

メイヤさんの提案にマークシスさんが頷いた。

「そうだな。パンなら毎日うちで食べる分焼いているから、いけるだろうな」

「まあ、そうなの？」

マリアおば様が聞くと、マークシスさんは続ける。

「ええ。実はうちの見習いの二人は、もとはお隣のパン屋で住み込みで働いていたパン職人だったんですよ。閉店した後行く場所がないということで、うちで雇ったんです」

「だから二人に毎日食べるパンを焼いてもらっているのよ」

そうなんだ。見習いさん二人はパン職人さんだったのか。

「ごめんなさい。何だか勝手に盛り上がって」

次々と商品化する話を進めていったメイヤさんとマークシスさんが、私に気づいて申し訳なさそうな表情になった。

「甘い小豆のレシピも、あんドーナツも、自分たちが考えたレシピじゃないのに。――でも、できればこれもバター餅と同様に売り出させてほしい。うちは元々庶民も買いに来ていた所なんだ。でも、開戦後、日々の食事をとるだけで精いっぱいになって、お菓子を食べるなんて贅沢はできないとなかなか買いに来なくなった。こっちも生活が苦しいのは分かっていたし。――バター餅が出来た後は、貴族の人たちがものすごく来てくれるようになって、ケーキも買っていってくれる。だけど、たくさんいる近所の庶民の人たちは、子供や大切な人の誕生日とか特別な日に、焼き菓子を少しだけ買っていくんだ。比較的安価なものをね」

確かに。毎日の食事でも精一杯なのに、おやつを購入する余裕は庶民の人たちにはないだろう。それでも、子供の誕生日には特別なものを食べさせてあげたいと考えるのは親として当然のことだ。

マークシスさんたちは、以前のように近所の人たちにもお菓子を食べてほしいと思っているのだ。それには価格を抑えなければ叶わないことを、十分に理解している。

「ケーキより安価な値段で、このあんドーナツを買うことができたら、とっても喜ばれると思うの。うちの利益はほとんど出ないけど、近所の人たちにも楽しみをあげたいのよ」

利益を出すことは店として大事なことだ。

特に新しいものは付加価値がついて儲けも出るというのに、原価ギリギリで近所の人たちのために価格を抑えるなんて、なかなかできることではない。

マークシスさんやメイヤさんの、その心意気がとても心に沁みた。

「これ、かしゅたーどくりーむいれてもおいちいよ」

承諾する代わりに、にっこりと笑ってカスタードクリーム入りも美味しいことを伝える。ついでに何も入れないドーナツと、生クリームを後入れするドーナツも提案しておく。

安価で買えるものを増やしたら、買う方だって嬉しいだろう。そう思ってレシピも教えると、メイヤさんが目を丸くした。

まさかメニューを増やすとは思っていなかったようだ。

お菓子は心を幸せにしてくれる。

日々の食事はもちろん大事だ。

でも、甘いものを少しでもいただくと、ちょっぴり幸せな気分になる。

今は世情が世情なだけに、厳しい経済状況の家庭が多い。

菓子職人が作るケーキはもちろん美味しい。

けれど、ケーキはパンよりも遥かに高い。一般的にパンの三倍から五倍の値段なのだ。

経済的にも苦しい一般家庭では手が出ないのが実情だろう。

けれど、ドーナツなら。

前世でも、ドーナツはパンと同じくらいの価格帯だった。

フルーツや生クリームをふんだんに使うケーキと違って、ドーナツは原価を抑えられるのだ。

パンと同じ価格帯で出すなら、みんなも購入しやすいだろう。

それに、パンのように何度も発酵させる手間がないのだ。

ベーキングパウダーがあるおかげで、パンより短い時間で調理ができる。

「いいのかしら？」

メイヤさんの問いにしっかりと頷いた。

「あい。みんながうれちいとあーちぇもうれちい」

「「ありがとう!!」」

「じゃあ、すぐ作るね！　カスタードなら作り置きあるし、お父さんドーナツ揚げてください！」

菓子職人の二人は、すぐにコツを掴んだようだ。

あんドーナツには砂糖をかけ、カスタードクリーム入りには砂糖をかけないことで区別。

シンプルなドーナツは生地を揚げ砂糖をかける。試作で中心が生焼けという失敗を体験したので、中心部分を小さい型で抜いて揚げることを提案。リング状のドーナツを完成させた。

そのシンプルなリングドーナツを開いて生クリームを入れたもの。

さらに、あんドーナツに生クリームを後入れしたもの、と全部で五種類のドーナツがラインナップされた。

ドーナツは全種類大成功だった。

「へえ。何も入れなくてもこのリング型のドーナツ美味いな」

リンクさんがシンプルなものを食べて頷くと、マリアおば様も同意する。

「そうねえ。生クリームを後で挟んだものも、私好きだわ」

「カスタードクリーム入りも、濃厚で美味しいわね」

「あんドーナツに生クリームは贅沢な美味しさよ！」

ローズ母様やメイヤさんも新しい味に満足そうだ。

「うむ。だがやはりあんドーナツが一番だな」

ひいお祖父様はあんドーナツがお気に入りのようだ。

基本的にはリングドーナツ、あんドーナツ、カスタードクリーム入りを常時販売。

生クリームは希望した時に追加料金をもらって後入れする方式にすることになった。

ううむ。全部好きだけど。

食べると太るものオンパレードだ。

糖と油。

今はまだ成長途中の子供なので大丈夫だけど、食べすぎには注意しよう……。

「うわあ。あっという間にドーナツ五種類と、小豆あんをパンケーキで挟んだ二種類、小豆あんバターサンドパンまで、一気に商品が増えたよ！」

「豆を使ったパウンドケーキだってあるわよ！」

今回考えた商品は、先ほど言っていたように庶民が購入できるぐらいまで価格を抑えるのだそうだ。それは良かった。

それにしても、商品化されるものがこんなに多くなっては忙しくなるのではないだろうか？

そう思っていたら、ひいお祖父様がマークシスさんに問いかけた。

「――隣のパン屋の店舗はどうなっているのだ？」

「このご時世なので、まだ買い手は決まっていないんです。問い合わせが来たらパン屋の元主人に私が連絡を取り次ぐことになっていますが」

「それなら、バーティア商会で買い取ろうかと思う」

「え？　いいんですか？」

「ここは貴族が多く出入りする。周辺の住民にだってそれは分かり切っていることだ。入りづらいだろう。――それなら、新たな店舗で売ればいい。それに、このご時世に新たな職人を二人抱えるのはお前だってきついだろう？」

「ええ……。確かにきついです。バター餅のおかげで持ち直しましたが、マリアさんに援助していただいたものだっていつか返さなきゃいけないので、二人を雇ったのは——本音を言うときついです」

でも、隣同士で、店主や職人たちとも親しくしていたから、年若い二人を路頭に迷わせたくないと思って雇うことにしたという。

マークシスさんは優しい人だ。

その話を聞いてひいお祖父様がゆっくりと頷いた。

「その二人はバーティア商会で雇って、パン職人の仕事をさせる。商品の中にはさっきのあんバターパンとあんドーナツ、その他のドーナツを入れる。近所の者たちが気軽に入れるパン屋にこれがあったら、買いやすいだろう？」

確かに。今は王室御用達ということで、貴族やその使いの者たちが頻繁に出入りするツリービーンズ菓子店だが、庶民にとっては敷居が高い。

それなら、誰でも気軽に入れるパン屋に陳列されるというのはいい考えだろう。

「確かに。そっちの方が入りやすいだろうな」

リンクさんが頷くと、

「いいわね！　ツリービーンズ菓子店とバーティア商会のお店。二つ並ぶなんてとっても楽しいわ！」

マリアおば様が大賛成よ！　と手を叩いた。

「アーシェラちゃんの作ったものはとっても美味しいから、みんなに広めたいわ！」

「バーティア先生、ありがとうございます。彼らはパン職人ですから、パンの仕事に戻れると知ったら喜ぶと思います。それに思い入れのある店舗で働けると知ったらどんなに嬉しいでしょうか」

マークシスさんがひいお祖父様の提案を受け入れると、マルクスさんがおずおずと聞いてきた。

「……あの。うちの菓子店でも、ドーナツは商品に入れたいです」

「そうね。こんなに美味しいんですもの。貴族の方たちだって欲しいでしょうから」

メイヤさんもマルクスさんに同意した。

「――では。アーシェが教えたものを売り出す時は、バター餅と同じブランドにしてください」

リンクさんが少し考えて、そう提案した。

「『天使《アンジュ》のバター餅』の関連商品として。そうすればバーティアで店を構えた際にもどっちが本家かという問題が解決できます」

一般的に先に販売した方が本家と認識されるものだ。なので後から発売するバーティア商会の方が偽物だと思われてしまうだろう。天使シリーズというブランドを掲げることでその問題は解決できるとリンクさんは言った。

天使シリーズはバーティア商会独自のブランドであると知らせているからだ。

「天使シリーズですね。それでは、バター餅と同様にロイヤリティをお支払いします！」

デイン辺境伯は、バター餅を販売するにあたって私にきちんと利用料を支払ってくれている。契約書まで作成して、国の機関に提出しているのだ。

ラスクと同様にバター餅もこっちの世界になかったようで、私の名前でレシピ登録もしたとのことだ。

私は別に登録も利用料も要らなかった（何しろ元は前世の知識だから）が、こうすることで、前述の本家うんぬんの問題も解決できるとのことだ。

粗悪な模造品が出回った際の責任からも逃れられる、ということを教えてもらった。

その辺はひいお祖父様やローディン叔父様、リンクさんが管理してくれている。

でも、ドーナツはこの世界の別の大陸にあったものだ。それなのに、私がロイヤリティを貰うなどとんでもない。

――あ。それなら。

「んーと。きょうかいに、うわのせのぶん、どーなつ、おそなえちてくだしゃい」

「「教会にお供え？」」

みんなが首を傾げて私を見た。

「あい」

前世では、『この商品の○%が○○に役立てられます』という文句とともに売り出される商品があった。

おかげで買った側も、ちょっとした社会貢献活動に参加した気分になったものだ。

だから、ドーナツにもこれを適用すればいいと思ったのだ。

それなら、隣のパン屋より商品の値段が高いことに、購入した貴族や富裕層の人たちも納得してくれるだろうし、自分は社会貢献をしたという気持ちにもなれる。

それに、甘いものを食べることがほとんどない教会に身を寄せている子供たちも、ドーナツを食べることができるだろう。

何よりドーナツのロイヤリティなんか貰えない。

誰でも自由に作ってほしい。そもそもが私のレシピではないのだから。

価格の上乗せ分は、子供たちに。色々考えると、それが一番いい。

「そうね……。教会にはたくさん子供たちが身を寄せているものね」

ローズ母様が私の考えていることをすぐに理解してくれた。

ひいお祖父様も優しく微笑んで、私の頭を撫でる。

「いい考えだな。教会への供物とすれば、結果的に甘いものを滅多に食べることのできない子供たちに渡るだろう」

「上乗せ分は教会の子供たちに、か。アーシェらしいな」

リンクさんがひょいと私を抱き上げて「いい子だ」と微笑んでくれた。

教会にお供えすることで、ローズ母様、ディークひいお祖父様の補足のおかげで、『ドーナツという現物を教会にお供えすることで、そこに身を寄せている子供たちが滅多に食べられないお菓子を食べることができる』ということを、ツリービーンズ親子は理解してくれた。

「すごいですね。考えもつきませんでした」

「「本当ね」」

マリアおば様とメイヤさんが感心して頷いていた。

「アーシェの言うように上乗せ分は現金ではなく、ドーナツでお供えしてほしい」

リンクさんの言葉に、マークシスさんが頷いた。

「価格を上乗せした分でドーナツを作ってお供えするのですね」

「現金での寄進だと、教会関係者の懐に入ってしまう可能性があるからな」

悲しいが、それが現実でもある。それに現金ではこちらが思うようには使われないのが実情だ。でも現物であるドーナツなら、お供えした後、寄進した人たちの目の前で分け与えるというデモンストレーションもできるので、見届けることが可能なのだ。

「それ、とてもいいわね。店頭にも明記しましょう。貴族の方々や資産家の方たちが菓子店でドーナツを購入すると自動的に社会貢献ができるのです。きっと受け入れられますわ」

メイヤさんが声を弾ませて言う。

「庶民向けのパン屋と価格が違うことにも正当な理由が出来るし、いいな」

「うむ。この方法は貴族の義務《ノブレスオブリージュ》の心をくすぐるだろう。数も結構出るだろうな」

ひいお祖父様が満足そうに頷いていた。

「かってくれたひとに、おれいのかーどいれりゅ」

そうしたら、自分が誰かに貢献したということが実感できる。

「それはいいな。商品を入れた箱に添えることにしよう」

うんうんと言いながら、マークシスさんがメモを取っている。

リンクさんが紙に簡単に王都の地図を描いて、教会の場所を書き入れていく。

「王都には教会が数か所ある。ひと月の売り上げで締めて、ひと月に一か所というペースで教会を回って行けばいいだろうな」

私たちは午前中に教会を見学してきた。

そこで、最近やっと最低限の食事をとることができるようになった、という現状をみんなで見てきたのだ。

だいぶ改善されてきたとはいえ、まだまだといった状態だった。

私たちに何かできないかと思っていたけれど、地方の一貴族が王都の教会に寄進することはあまり良く思われない。

少し前までデイン商会がずっと魚を寄付してきたことが、心無い貴族から非難されていたように。

でも、お菓子が孤児たちへの寄付ではなく、一旦女神様への供物として捧げられるなら。

それも一か所ではなく、別々の教会を巡り、何か月かに一度お菓子がお供えされるくらいなら問題はないだろう。

リンクさんが、店舗で購入した貴族には任意でサインしてもらうことを提案した。

そのサインはお供えものと一緒に教会に渡され、教会から神殿へと報告される。

「たくさんの貴族の名前が明記されていれば、『一貴族が人気取りにやった』と中傷されることもないだろう」

リンクさんがツリービーンズ親子に去年の教会でのいざこざや、午前中に行った教会の現状を説明すると、理解してくれた。

「でも、アーシェラちゃん。ロイヤリティを受け取らなくても、本当にいいの？」

メイヤさんが気にして聞いてきた。

もちろんだ。

私は今世、貴族の家で衣食住が十分に満たされた生活をしているが、世の大勢の人たちは一日一日を一生懸命生きている。

私も前世は一般人として働いて暮らしていたのだ。

そして、一生懸命働いた自分へのご褒美として甘いものを食べるのが楽しみだった。

だから、たまには甘いものを食べたいという庶民の人たちの気持ちも、『せめて子供の誕生日だけは、美味しいもので祝ってあげたい』と思う親の気持ちも分かる。

そして、教会に身を寄せている人たちが、それよりももっと苦しい立場にあることも分かっている。

ドーナツから生み出されるロイヤリティは、今まで食べることさえままならなかった、サラさんとサラサさんの子供たちのような子に還元してあげるのが一番だ。

多くの人が喜んでくれるならそれに越したことはない。

「あい。しょのほうがあーちぇもうれちい」

にっこりと笑ってそう言うと、

「アーシェラちゃん！　なんて可愛いの!!」

マリアおば様にぎゅうぎゅうと抱きしめられて、頬ずりされた。

「いい子ね！　ほんとうに天使《アンジュ》だわ!!」

あう。マリアおば様、苦しいです。

「本当に天使みたいね」

メイヤさんが優しく微笑み、マークシスさんとマルクスさんがうんうんと頷いていた。

「売り上げと、教会への供物も毎月報告しますね！」


——その数日後。

ツリービーンズ菓子店で、『天使《アンジュ》シリーズ』としてドーナツ各種と、小豆あんを使ったお菓子が売り出された。

そして、いずれ開店する隣のパン屋で出すドーナツも、庶民向けに価格を抑えた『天使シリーズ』として出すことが検討されるのだった。

7　おみせのなかにあったもの

「このホットドッグ美味しいですね！　トマトケチャップというソースがとても合いますね！」

「この小豆の甘煮とバターを挟んだパンも美味い!!」

買い出しから帰ってきた元パン職人の若い二人は、二つ返事でバーティア商会の出す店で働くことを了承してくれた。

黒髪に明るい茶色の瞳のミットさんは二十一歳。こげ茶色の髪と瞳のナイトさんは二十歳で、どちらも人の好さそうな感じの人だ。

パン職人の二人は子供の頃、はやり病で家族を亡くして孤児となり、商店街の裏で残飯をあさっていたところを同じパン屋の店主に救われたのだそうだ。

パン屋の店主はきちんと二人の面倒を見てくれる教会に連れて行き、後に自分のパン屋で雇い入れてくれたという。

早くに両親を亡くした二人は祖父ともいえる歳の店主を心から慕っていたが、その店主が先日病に倒れ、店をたたむことになった。

彼らはまだ若く、店を持つ財力もない。このご時世では希望するパン職人としての再就職先もなく、もうパン職人として働くことを諦めていたのだそうだ。

だからバーティア商会で雇い入れるという提案に喜び、涙をにじませながら頭を下げた。

「ありがとうございます!!」

「パンの仕事ができるなんて嬉しいです！」

「新しい商品も喜んでやらせていただきます!!」

そういうわけで、新しいメニューのホットドッグを作り、あんバターパンの試食をしていたのだ。

ドーナツの作り方についても彼らはすぐに理解していた。

パン職人が菓子職人の修業をしたことは無駄になっていない。

カスタードクリームを手早く作り、小豆あんの作り方もすぐにマスターして、ドーナツとして作り上げる。

「ねえ、パン屋でアメリカンドッグとフライドポテトを出してはどうかしら。絶対売れると思うの」

マリアおば様が提案すると、ひいお祖父様が同意した。

「最初のうちは、注文を受けてから揚げるようにしよう。熱々が美味いからな」

ひいお祖父様がそう話す。

「揚げる、という調理法は今までなかったですからね。試食を少し置いて、できれば揚げている工程を遠目にでも見せるようにしてもいいかもしれません」

「そうすれば見たことのない新しい料理も受け入れられやすくなると思います」

ミットさんとナイトさんも提案してくれる。

二人とも、アメリカンドッグとフライドポテトを食べた直後は、美味しさにびっくりしていたが、実のところ食べる前は、アメリカンドッグの茶色とドーナツの茶色に腰が引けていたのだ。

この世界では『全体が茶色』の食べ物には抵抗感があるらしい。それはこの頃のみんなの反応で実感していた。

パンだって焼き色がついているし、同じ茶色なのに何が違うんだろう？

揚げ物のこんがり揚がった茶色は、美味しいことの証なのにね。

まあでも、デモンストレーションをすることでそれが解消できるならいいと思う。

それに美味しい揚げ物はまだまだあるのだ。

みんなの茶色に対する抵抗感を払拭する第一歩だ。いいだろう。

「この国では新しい調理法だからな。皆驚くだろうな」

「たくさん揚げることのできる調理器具を注文しなきゃな」

「ああ、うちの兄が魔法道具店と鍛冶屋をやっていますので、その辺は任せてください」

そういえば、菓子職人のマークシスさんはツリービーンズ男爵家の三男で、次男のマイクさんは王都で魔法道具店をやっていると聞いていた。

「これだけ商品が増えたら、パン職人の二人に負担がかかるだろう。アメリカンドッグは衣を付けて揚げるだけで出来るから、パンを焼くより手間がかからないし、職人ではなくても作れそうだな。この近所から信頼できそうな人を雇うか……？」

リンクさんが思案しながら言うと、ひいお祖父様が首を横に振った。

「いや。まずは、オープニングスタッフはバーティアの人間だけにする。うちの料理人を交替で来させよう。雇うのはおいおい考える」

「そうだよな。やっぱりその方がいいよな」

本来なら、近所から雇用するのが一般的だ。

だけどここはバーティア領ではないため、ひいお祖父様もリンクさんも人を雇うのには慎重だ。

二人が一番に考慮してくれているのは、ローズ母様や私の安全面だろう。

私たちが立ち寄るところには、私たちの意思にかかわらず何者かが悪意をもって潜む可能性が高いのだから。

「パン職人二人とバーティアからの応援で厨房は回せるだろう」

ディークひいお祖父様とリンクさんは、人選に頭を巡らせている。

バーティアには菓子職人だった二人がいるが、その二人だけを呼ぶとなると他の料理人から抗議が来るだろうとのことだ。おや、なぜだろう？

マリアおば様から、デイン家の料理人も『修業』の名のもとで手伝いに出すと提案してくれた。

プロの料理人が修業ですか？　と思ったけど、裏切る心配のない信頼できる人たちということで、リンクさんとひいお祖父様も納得して受け入れていた。

結局、バーティア領本邸と王都別邸の料理人十数人、そしてデイン家の料理人さんたちを持ち回りで派遣することになった。

その後ひいお祖父様が直々に信頼できる新規スタッフを選ぶとのことだ。

「ぱんがあまったら、らしゅくもできる」

その他にも色々ある。おいおい出していこう。

「そうだな。無駄がないな」

「まずは元店主の意向を聞いてからだが」

そういえば、隣の店を買うとは言ったが、元店主が頷かなければ実現する話ではない。

色々と先走ってしまったが大丈夫か？　と思っていたら、

「大丈夫ですよ。実は、店の買い手については、パン屋の元店主から私に一任されていました。私が信用できる人ならいいと。バーティア先生なら全く問題ございません」

マークシスさんが満面の笑みで頷いた。

ずいぶんとマークシスさんはお隣のパン屋さんの元店主に信頼されていたようだ。

善は急げとばかりに、隣の店舗を見に行った。

鍵はパン屋の元店主からマークシスさんが預かっていたのだ。

店舗は二階建てで、一階が店舗兼厨房。

二階部分は以前住居だったけど、敷地の裏に別に二階建ての住居を建てたため、それからは物置として使っていたようだ。裏の住居には今もパン職人の二人が元店主の好意で住まわせてもらっているらしい。

バーティア商会で購入した後も住み続けられる、とミットさんとナイトさんは喜んでいた。

パン屋さんは結構大きい。

前世でのパン屋さんのイメージは、狭い店舗にたくさんの種類のパンが置かれているというものだったけれど、このパン屋さんは広かった。

たくさんのお客さんがぶつからずにゆったりと買い物できる感じだ。

それに、パンが美味しいと評判の人気店であったそうだ。

他にもジャムなどの加工品も置いていたらしく、それらの商品の陳列棚もあった。

通り沿いで立地もいい。

ここなら比較的治安もいいらしいし、なかなかの好物件だ。

「へえ。いいな、ここ。蜂蜜とか、バーティア領の特産品も色々置けそうだ」

「確かにな。窓が大きいから開放感もあるし、明るい。入り口も広くて客も入りやすいな」

奥の厨房スペースも広い。

大きなオーブンや冷蔵庫もあって、すぐにでもパン屋さんを再開できそうだ。

「決まりだな」

「いいわね」

みんな満足そうだ。


――が。

厨房のある一角に、私の視線がとまった。

「――？」

そこに異質なモノがある。

一見してみるとそれは、普通の家具だ。

でも、黒い靄《もや》のようなものがそこから立ち上っていた。

黒い気配と、ざわりとした気持ち悪い感覚。

――『良くないもの』がそこにあった。

◇◇◇

「アーシェラ、どうした？」

あまりの気持ち悪さに、思わず繋いでいたひいお祖父様の指を強く握ってしまった。

「あしょこ。なんかきもちわりゅい」

私の視線の先には椅子があった。

相も変わらず、椅子の座面から黒い靄みたいなものが視える。

「その椅子は、僕たちの師匠だった元店主の定位置です。師匠は高齢だったので、休憩するために置いていたんですが」

ナイトさんの言葉を聞きながらひいお祖父様が椅子に近づいて、はっとしたように目を見開いた。

「――なるほどな。この椅子の座面に負の力を込めた魔術陣が施されている」

「「ええっ!?」」

ひいお祖父様の言葉に皆が驚愕した。

「リンク、力を貸してくれ」

「分かった」

リンクさんの『鑑定』と、ひいお祖父様の魔術陣で、『椅子』を鑑定した。

「大体一年くらい前からだな。『負の魔術』が入っている。これは身体に悪影響を及ぼす」

「ああ。毎日座っていたら、身体の内側からやられるな。くそったれが。悪趣味な魔術を組みやがって」

「「ええっ!?」」

「師匠は昔からその椅子を愛用していたんです!」

「娘さんが休憩用にとプレゼントしてくれたって……」

娘さんが王都から離れて嫁ぐ時にプレゼントされて以来、何十年も使っていた愛用の椅子なのだそうだ。

「だが、事実だ。誰かが故意に店主を狙ったものだ。心当たりはあるか?」

「「……あります」」

ミットさんとナイトさんが一緒に頷いた。

「ここ、商店街の中でも立地がいいんです。そこに目をつけたある商会の人物が、師匠にここを売れと圧力をかけてきたんです。何度もしつこく。それが一年半ほど前でした」

「その頃は師匠も元気で。『お前らには絶対売らん!!』と、何度も来る商会の人を突っぱねていました」

「一年ほど前からぱたりと来なくなって安心していたんですが――その頃から師匠の具合が悪くなって……」

「圧力をかけずに、別な意味で実力行使したわけか。――最低な奴らだな」

リンクさんが苦々しく吐き捨てるように言った。

一人娘が贈ってくれた椅子に健康を害する魔術をかけるなんて。なんて人たちだ。

「――そんな。師匠が病気になったのは」

ひいお祖父様が深く頷いた。

「考えうるに、この場所を欲しがったその商会の人間が、時間をかけて店を閉めさせるように仕向けたのだろうな」

なんてひどいことをするんだ。その商会は。

「わりゅいやつ!!　ゆるしぇない!!」

思わずふんふんと地団駄を踏んでしまった。

「「ひどいですわ!!」」

メイヤさんやマリアおば様、ローズ母様もあまりのことに声を上げた。

「嫁いでいった娘さんが贈ってくれた椅子なのに!!」

「そんな呪いをかけるなんて最低ですわ!!」

「お祖父様、どうにかできませんか？」

「商会とは、どこの商会だ？」

「『ミンシュ伯爵の商会です』」

ミットさんとナイトさん、マークシスさんが声を揃えた。

「あ～……確かにいい噂を聞かないな。あのでっぷりした奴な」

リンクさんが眉をひそめた。

ひいお祖父様も、心当たりがあるのだろう。ピクリと反応していた。

「この椅子に掛けられた魔術を消すことはできるが、それは相手に対してこちらから宣戦布告するのと同じだ」

「魔術が消されたことは、かけた人間に伝わるからな」

ほう。そういうものなのか。

「でも。パーティア先生なら、あいつらを返り討ちにできますよね!!」

マークシスさんは、ひいお祖父様をキラキラとした瞳で見ている。

どうやら、ひいお祖父様に全幅の信頼を寄せているようだ。

「――奴らを退けたら、元店主がもう一度パン屋を再開できると思うが、どうなのだ？」

そうだ。元々身体を悪くしなければまだまだパン屋を続けていたはずなのだ。

その問いにマークシスさんはかぶりを振った。

「バーティア先生。元店主は何年も前から、高齢ゆえにいつ辞めるか引き際を考えていて、『見習い二人が独り立ちできるまで頑張ろうかな』と言っていたんです。――それが、数年早まってしまいました。まさかそんな黒い陰謀に巻き込まれていたとは驚きましたが……。バーティア先生がお店と職人を引き継いでくれるのであれば、元店主も安心して引退できると思います」

パン屋の元店主はもう六十代後半とのことだ。

だから今回の件が収まったとしても、一度覚悟を決めて閉めた店を自ら再開することはないだろうと続ける。

「分かった。では、このいざこざも含めてバーティアですべて請け負う。――すぐに役所に申請して許可をとる。その前にパン屋の元店主に会わなくてはな。こちらから訪ねて行こう」

「それならすぐに使いを出します。――マルクス」

「はい。明日一番で行って来ます。明後日には元店主の答えを持って帰れると思います」

「明後日？　ずいぶんと早いな」

「はい。元店主はクリスウィン公爵領に引っ越しましたので、ここから比較的近いんです」

「娘さん夫婦もパン屋さんを営んでいるのです。クリスウィン公爵領の街にいるんですよ」

「隠居と言いながら、あちらでも仕事に口を出しているでしょうね」

元店主は高齢と病のせいで、思うように仕事ができなくなった。

そのせいでクリスウィン公爵領にいる娘夫婦のもとに行くことになった時、このパン屋を若い職人に任せようかと思っていたらしい。

だが、ミンシュ伯爵の商会に目をつけられ、このままでは不当なやり方で店を取られるばかりか若い職人二人を危険な目にあわせてしまう、との苦渋の決断で、あえて店を閉めることにしたのだそうだ。

技術をしっかり教え込んだ二人なら、どこでもやっていけると信じて。

まさか己の身体の不調が仕掛けられた魔術のせいだとは夢にも思っていなかったことだろう。

「明後日なら、私たちもクリスウィン公爵領に行くことになっている。その道中に寄らせてもらおう」

「いいですね！　ではマルクスに明日、事前説明させておきます。明後日はマルクスと落ち合って、一緒に店に行ってください。話が進みやすいでしょう」

「承知した」

「僕たちは、何をお手伝いしたらいいでしょう？」

ミットさんとナイトさんが聞いてきた。

「しばらくは今のまま菓子店にいなさい。ミンシュの馬鹿がいつ出てくるか分からないからな」

「おじ様、馬鹿って」

マリアおば様が苦笑する。

「あいつは昔から人の陰に隠れて悪さをする奴だ。短絡的な考えしかできない馬鹿だが、悪い考えを持つ奴には狡猾な悪い仲間がいる。利害さえ一致すればあいつに手を貸す奴が何人もいるのだろう。私が何とかするまで動くな」

ミンシュ伯爵は貴族だ。

大抵の貴族は魔力を持って生まれる。ということは、年齢的にもひいお祖父様の生徒であったということだ。

ひいお祖父様も「あいつの性根は変わっていない」と呟いているので間違いはないだろう。

「何とかするって言い切れるところが、さすがです。バーティア先生！」

さっきからマークシスさんはひいお祖父様を英雄でも見るかのように目をキラキラさせている。

「旦那様……」

メイヤさんは初めて見る夫のはしゃぎように少し引いているようだ。

「だって、バーティア先生はすごい人だよ！　デイン辺境伯軍とクリスフィア公爵軍の魔術師を率いて三国の軍を撃退した方だよ!!」

そういえばそうだった。

戦いの中、人を殺害するための攻撃魔術を防ぎ、撃退してきた人だ。

それが容易ではないことは、魔術を習った者であればよく知っているのだ。

そして、デイン辺境伯領の戦いにはマークシスさんも従軍していたので、その光景を目の当たりにしたのだそうだ。

いろんなところでひいお祖父様の話を聞いていたけれど、その戦いを見ていたマークシスさんが興奮してその功績を讃えてくれるので、改めてすごい人なんだと思う。

「ひいおじいしゃま。かっこいい」

キラキラした瞳で見ると、ひいお祖父様は何だか照れたように微笑した。

「うむ。アーシェラに言われると照れるな」

「ねえ。アーシェ、俺は？」

あれ？　リンクさん。またですか？

「リンク。かっこいいと言われるようなことしてないだろう？」

マルクスさんに笑って指摘されていた。

うん。でも、知っているんだ。

リンクさんがかっこいいことも、優しいことも。

ケンカも強くて、情に厚いことも。

そしてやきもち焼きで、みんなに張り合うような可愛いところも。意外と寂しがりなことも。

だから、かっこいいという言葉より、この言葉を贈ろう。

「あーちぇ。りんくおじしゃま、だいしゅき」

「――かっこいいよりうれしいな」

嬉しそうに青い目を細めて、きゅうって抱きしめてくれる、私を育ててくれた大事なひと。

「リンクって、いい父親になりそうよね」

メイヤさんが言うと、マリアおば様がからかうように笑った。

「それよりアーシェラちゃんを嫁に出さないって言いそうよ」

「当たり前だ!!」

がう！　とリンクさんが私を抱きしめたまま吼《ほ》えた。

貴族の女子は婚約が早い傾向にある。

私の出自は不明だけど、今でもクリステーア公爵家やデイン辺境伯家、バーティア子爵家という古くから続く家が複数後見になってくれている。

だから、いつ縁談があってもおかしくないのだとマリアおば様から教えられていた。

でも私はまだ四歳。

嫁に行くとしてもまだまだ先だけど、マリアおば様がその話をすると、ローディン叔父様もリンクさんも「その話は聞きたくない」と不機嫌になるのだ。


——やれやれ。リンク・デイン、お前もか。

——これは前途多難だな。


——あれ？　誰の声？

「ん？　アーシェ、どうした？」

きょろきょろと見回してみたけど、誰の声か分からない。

何かは分からないけど、近くに誰かがやってきたように感じる。

さっき、私の中の何かが引っ張られていった感じもした。

——あれ？　何だか急激に眠気がやってきた。

「ああ。眠いのか。いいよ、おやすみ」

「――あい」

言われるがまま、リンクさんに身体を預けて、すやり、と眠ってしまった。

――私の気配を感じたのだな。さすがだ。

――だが、アーシェラの居場所を手繰り寄せたせいで、思いがけず幼い身体に負担をかけてしまったようだ。

――詫びにミンシュ伯爵らを潰す手伝いをしてやろう。

――ああ。その頬をぷにぷにしたい――

その頃、王宮で意識を飛ばしていた国王陛下が無意識に指でつつく動きをしていたとかいないとか――

8　知識の引き出し

二日後、予定通りクリスウィン公爵家に到着して、滞在する部屋に案内されたところに意外な女性がいた。

「久しぶりね！　アーシェラ！　ローズ！」

なんと、アースクリス国の王妃様だった。

「おうひしゃま？」

「フィーネ？　どうしてここに!?」

「うふふ。明日は可愛い甥っ子の七歳の誕生日なの！　陛下が特別に里帰りを許してくださったのよ！」

どうやら先日の誘拐事件があったため、陛下がアルとアレン、そしてクリスウィン公爵家や王妃様の気苦労を慰労するために、気を遣ってくれたとのことだ。

国王夫妻はとても仲が良く、近くとはいえ、たまに実家に行こうとする王妃様を陛下が毎回引き留めようとするのは有名な話らしい。愛されているね。王妃様。

「ここは私の実家よ。何でも聞いてちょうだいね!!」

王宮での格式高いドレスではなく、デイドレス姿の王妃様は、まるで少女のようだった。

◇◇◇

「なるほど。警備が厳重だった意味が分かりました」

公爵家の応接室で、クリスウィン公爵と王妃様、王妃様のお兄様で次期公爵、現在はリュードベリー侯爵を名乗っているリュディガー様にご挨拶した。

テーブルを挟んだ向こう側のソファには、王妃様を挟んで両隣にクリスウィン公爵とリュードベリー侯爵が並んで座っている。

三人とも金髪と琥珀色の瞳で、瞳は寸分たがわず同じ色だった。

「王妃様がご実家にいるとなれば、王家と公爵家の警戒態勢が最大になるのは当たり前だな」

ひいお祖父様とリンクさんはクリスウィン公爵領に入った頃から、やけに警備が強化されていると感じていたようだ。

確かに。領内のパン屋さんで件《くだん》の元店主と会っていた時、どこから私たちが来ていることを知ったのか、クリスウィン公爵直々に私たちを迎えに現れたのには、私もみんなも驚いた。

おかげで、元店主に「ご領主であるクリスウィン公爵様の恩師なら」と店舗を譲る話を即了承してもらえた。

そこで椅子に仕組まれた負の魔術の件についてもクリスウィン公爵と情報共有できた。

元店主は、クリスウィン公爵のもとで魔術によって傷ついた身体の治療を施されることになった。良かった。

「王都の街にアーシェラのお料理を出すお店が出来るなんて楽しみすぎるわ!!」

「菓子店で販売する分の上乗せ《ロイヤリティ》する額を教会への供物にするという考えは思いつかなかったな。いい方法だ」

クリスウィン公爵が拳を顎に当てて頷いている。

リュードベリー侯爵もうんうんと感心していた。

リュードベリー侯爵は、先日クリスウィン公爵領の一角を任されていたカシュクールの陰謀で攫われて軟禁されていた、アルとアレンのお父様。

撫でつけた金髪に琥珀色の瞳。クリスウィン公爵にそっくり。

クリスウィン公爵もリュードベリー侯爵も、外見はきりりとした印象だけど、話してみると穏やかで、時折王妃様と同じ感じがして親しみやすい方たちだ。

「おみやげに貰ったこのアメリカンドッグやフライドポテトがお店にも置かれるんですね。とても美味しいです」

「ドーナツも全部美味いぞ!!」

クリスウィン公爵親子がすごい勢いでおみやげをたいらげていく。

いっぱい持って来たけれど、この勢いでは足りなくなりそうだ。

ひいお祖父様がバーティア家王都別邸のマルト料理長にアメリカンドッグとフライドポテト、そしてトマトケチャップのレシピを用意させていたのはこのためか。

「はあ。揚げ物というのは美味いものなのだな」

クリスウィン公爵はアメリカンドッグにトマトケチャップをたっぷりつけて堪能している。

あの。クリスウィン公爵様、アメリカンドッグすでに五本目ですよ。

リュードベリー侯爵も四本目。王妃様も同様だ。

本当にクリスウィン公爵一族はよく食べるのだな、と実感。

けれど、食べる所作がとても美しいので見ていて気持ちいい。

「このトマトケチャップも美味しいですね。我が家にもレシピをいただけて、とても嬉しいです」

リュードベリー侯爵がトマトケチャップの瓶を手に取りながら、頷いている。

ひいお祖父様からおみやげと一緒にレシピを手渡された時、クリスウィン公爵がものすごく喜んでいた。

「炊き込みご飯や茶碗蒸し、バター餅に続きアメリカンドッグとフライドポテト……こんな美味しいものを次々と作れるのは、やはり『知識の引き出し』があるからでしょうね」

リュードベリー侯爵の言葉に、クリスウィン公爵や王妃様も『そうだな』というように頷いている。

んん？　なあにそれ？

「？　知識の引き出し？」

「それはどういうことだ？」

聞いたことのない言葉に私たちが首を傾げていると、クリスウィン公爵が「そうか」と声を上げた。

「――ああ。アーシェラちゃんはまだ『鑑定』を受けていないのですね。であれば、知らないのも無理はありませんね。では私の娘のフィーネが鑑定を受けた時のことをお教えします。――女神様の加護を持って生まれる子は、輪廻転生の回数、過去世が多いのです」

「「「過去世？」」」

ディークひいお祖父様、リンクさん、ローズ母様の声が重なった。

クリスウィン公爵の言葉の後を、リュードベリー侯爵が引き継ぐ。

「つまりは、魂の年齢が高いのだそうです」

「え？　そうなのですか？」

ローズ母様の言葉にリュードベリー侯爵が頷いた。

「こうやって生きている私たちの魂は、輪廻転生を繰り返し、経験を積み重ねて魂を磨き上げているといいます。ありとあらゆる世界、鉱物、生き物、そして人間の一生を何百回何千回と経験し、魂を昇華していきます」

「人を故意に傷つける者や、陥れたりする利己的な考えの持ち主は、魂の年齢が低い。――ここに来る前に聞いたミンシュ伯爵などはそうだろうな――あの馬鹿《クズ》が」

クリスウィン公爵は、先ほどパン屋の元店主の病状を自ら鑑定し、それが魔術の傷だと知り、ミンシュ伯爵の所業に憤慨していた。

クリスウィン公爵が怒りのあまり横道に逸れそうになったので、リュードベリー侯爵がまた後を引き継いだ。

「記憶は転生するたびに消えますが、魂の年齢が高いと、これまでの生の『知識』が魂に残る。それを繰り返すことで魂の中に『知識の引き出し』が出来るそうです」

え？　知識？　確かに前世の記憶はばっちり残っているけど？

――でも。実を言うと、前世の自分の名前や、前世の家族の名前はどれだけ思い出そうとしても出てこないのだ。

前世の記憶と思い出は『知識』のうちに入るのかな？

「女神様の愛し子に共通しているのは、魂の年齢が高いこと。そして過去世の記憶はなくとも、過去世の『知識の引き出し』を持っているとのことです」

リュードベリー侯爵が話を進めていると、気を取り直したクリスウィン公爵が次に続けた。

「フィーネが五歳になった時、大神殿でレント前神官長の鑑定を受けました。いつものように神殿の水晶を使って鑑定を始めたとたん、レント前神官長の胸に収められた女神様の水晶が、突然光ったのです。――そこで初めて、フィーネが女神様の加護を与えられていることを知りました」

「レント前神官長が紋章の中から取り出した女神様の水晶には――フィーネの魂の色彩《いろ》が映し出されておりました」

「「魂の色彩《いろ》」」

再びひいお祖父様やリンクさん、ローズ母様の声が重なった。

「はい。レント前神官長は女神様の水晶を通して魂の色を見ることができると教えてくれました。そして、『フィーネ様は、明らかに私たちとは魂の色や輝き、厚みが違う』と言っておりました」

「そう、か……」

ひいお祖父様が呟いた。

「女神様の加護を持つ者の魂の色彩《いろ》は特別だそうです」

「でも、アーシェはまだ鑑定してもらっておりませんわ」

ローズ母様が言うと、そういえば、とリンクさんが顔を上げた。

「――いえ、菊の花が咲く教会に初めて行った時、女神様の水晶がレント前神官長の紋章から自ら出てきて、アーシェの手に飛んで行きました。その時、水晶が光ったんだよな？　アーシェ」

クリスウィン公爵の前ではきちんと敬語になるリンクさん。何だか面白い。対してひいお祖父様は、いつもの口調でクリスウィン公爵と話している。

実は一か月と少し前の出兵式の後、ひいお祖父様は出征して行ったクリスフィア公爵を除いた三人の公爵たちと国王陛下にお会いしたそうだ。

魔法学院の元教え子たちとはいえ、相手はこの国の国王と、王家と同等の位を持つ公爵たちだ。

身分をわきまえて敬語で話し出したとたん、陛下が苦虫を噛み潰したような渋面となり、「公的な場以外では敬語禁止」と言われたとのことだ。

公爵たちも、「バーティア先生に敬語で話しかけられるのは気持ち悪い」と、陛下と同じことを言ったらしい。

――敬語を話すひいお祖父様を前に、固まった国王陛下や公爵様たち。

何だか想像するだけで面白い。


それはそうと、菊の花が咲いている教会で水晶が光った時の話だよね。

「あい。すいしょう、きらきらちてた」

その時何色だった？　と聞かれたので素直に、

「んーと。あお、あか、みどり、きいろ、しろ、むらしゃき……」

あの時のことを思い出しながら指折り数えて次々と言っていくと、ひいお祖父様やリンクさん、ローズ母様が段々目を見開いていったので言葉が尻すぼみになってしまった。

え？　なんかおかしいの？

オレンジ色とかピンク色もあったけど。ひいお祖父様たちが驚いてるからこれ以上言うのはやめよう。

でも、クリスウィン公爵やリュードベリー侯爵が「やっぱり」と納得していた。王妃様も頷いている。

「その他に金色やプラチナが入っているのだよね？」

クリスウィン公爵に確信を持って問われたので、素直に頷いた。その通りだ。

あの時女神様の水晶は、さっき言ったようなたくさんの色が、まるで一つのオパールのように混じり合い、美しい光を放っていた。

――あれが、私の魂の色だったのか。

「やはり、アーシェラちゃんはフィーネと同じですね。魂の色は魂の年齢によるのだそうです。私たちの魂もいろんな色に彩られているのだそうですが、ベースは白で、そこに色々な差し色が入っているのだそうですよ。――女神様の愛し子の魂の特徴は、たくさんの鮮やかな色を持つこと。そして、一番の特徴は女神様の金色の光とプラチナの光が入っていることですよ」

クリスウィン公爵が私を見て優しく微笑んだ。

「そして、フィーネが女神様の加護を持っていると教えられた時に、レント前神官長より告げられたのです。輪廻転生によりまっさらとなるはずの過去世の記憶の一部が『知識の引き出し』として女神様より与えられているだろうと。――それがもう一つの女神様の愛し子の特徴なのです」

「そして女神様の愛し子は、その記憶《知識》によって、大きく周りを動かすのだ、と言われております」

「――なるほど、そのようなものがあるのだな」

「アーシェがいろんなことを知っているのは、そのせいなのか」

「ではお料理が上手なのもそうなのね」

ひいお祖父様やリンクさん、ローズ母様は私のこれまでのことを思い出して納得している。

――すべての生命は輪廻転生を繰り返している。

ローズ母様も、リンクさんも。ひいお祖父様やローディン叔父様も。

みんなみんな大きな流れの中で、さまざまな生を繰り返している。

けれど、新しい生を受けて、生まれてくる時には、魂の記憶はまっさらに戻される。

——それが、輪廻転生の理《ことわり》なのだ。

でも、私はおそらくたくさんある今までの生の中の、一つの人生の記憶をしっかりと持っている。

——私の前世は、農家の娘に生まれて、普通の一般企業に就職した、本当にどこにでもいる一般人だった。

いつどうやって前世で死んだのかは覚えていないし、死ぬ瞬間のことなんかは覚えていない方が精神衛生上、私のためだと思う。

私は、生まれた時から前世の記憶を持っていて、どこかの貴族の家に生まれたけど、捨てられ、ローズ母様とローディン叔父様に拾われた。

うん。今生はなかなかにハードなスタートだ。

でも、ローズ母様やローディン叔父様、リンクさんからも、愛情をいっぱいに注いで育ててもらった。

なぜ女神様が記憶を残してくれたのか本当の理由は分からないけれど、何より私に大事な家族をくれた。それだけでいい。

前世の農家の知識でみんなが美味しい料理を食べられるようになるなら、前世の記憶があって良かったと思う。

それに。いい理由を貰った。

これからは『知識の引き出し』を言い訳に前世の記憶を活用させてもらおう。その通りなのだし。

私がそう考えて一人納得していると、リユードベリー侯爵が話を続けた。

「妹のフィーネは幼子の頃から魔法に関して、ものすごく博識でした。魔法教育を受ける前なのに、なぜこんなことを知っているのか、と驚いたことが何度もありました」

リュードベリー侯爵が昔を思い出して話すと、王妃様が大きく頷いた。

公的には伏せられてはいるが、王妃様は、魔力の強さと知識において国の中でも上位《トップ》クラスなのだそうだ。

王妃様の知識の引き出しは、『魔法』なのか。

「ええ。私も幼心になぜこんなことを知っているのか、と不思議に思ったこともあったわ。でも自然と浮かんでくるのだからどうしようもないの。他人から奇妙な目で見られることもあって、傷ついたこともあったわ」

鑑定を受ける前の、何も知らない幼少期。

当たり前のように魔法を使って遊んでいたところ、同じ年頃の子供に気味が悪いと言われ、幼心に傷ついたのだそうだ。

「でも五歳になって鑑定をしてもらった時、それまでの悩みに答えを見つけたの」

「おや。フィーネはいつも、のほほんとしているようだったのに。悩んでいたのか」

「まあ！　酷いですわ。お兄様〜〜！」

リュードベリー侯爵は大人になった今でも、妹である王妃様が可愛くてしょうがないらしい。とっても兄妹仲がいいのが分かる。

「小さな頃から魔力に関して色々不思議なことがあったのだけど、記憶の引き出しが大きく開いたと感じたのは――五年前に開戦した時よ」

ふと王妃様が真剣な瞳になって、硬い口調で話すと、その後を引き取るかのようにクリスウィン公爵が続けた。

「――五年前の開戦時。女神様の御業《みわざ》とも言えることが起きたのは知っておられると思いますが」

その言葉にひいお祖父様が頷いた。

「うむ。三国の軍が一斉に叩き潰された、あれか」

巨大な竜巻が起き、国境の川が津波のように荒れ狂い、敵の侵入を阻んだことがあった。

当初は魔術師たちが魔力を結集した結果かと思われたが、戦地に赴いていた魔術師たちは否定した。

魔力で起こすには規模が巨大すぎる。

それに、『魔法』を感知できなかったのだ。

ただの自然現象か？

だが、竜巻は、雷は、水は――確実に敵陣のみを破壊しつくした。

ウルド国で竜巻が。

アンベール国で雷が。

ジェンド国では濁流が――軍を襲ったのだ。

それが、三国で同時に発生した。

あの現象は、自然災害としても説明がつかず――後に、女神様の御業だと囁かれた。

「──あれは、私がやったのよ」

王妃様がはっきりとそう告げた。

「「「──!!」」」

その言葉に、ひいお祖父様やリンクさん、ローズ母様が驚いて王妃様を見た。

驚きすぎて三人とも目を見開いたままだ。

王妃様は苦笑すると、静かに目を閉じて手を胸に当て、ゆっくりと話し出した。

「どうやら私の過去世には、『異界の魔法使い』だったことがあるみたいなの。──まるで息をするように強大な魔法が私の中から出ていったわ」


開戦直後、アースクリス国を襲ったアンベール国、ウルド国、ジェンド国の三国による一斉攻撃に、王妃様は産後間もない身で、自分から参戦した。

敵国による三方向からの攻撃。

対してこちらは一国の戦力を三分割して迎え撃たなくてはならない。

夫である国王も、父や兄もそれぞれ戦地に旅立った。

数か月前に王子様を出産した王妃様は、王宮で留守を預かっていたが、心配で心配で、居ても立ってもいられなくて、こっそりと戦地へ意識を飛ばしたのだそうだ。

だが、そこで見たものは──

数で圧倒されるアースクリス軍と、今まさに国境を越えようとする敵軍の姿だった。

そして彼女は、攻め来る敵将が意気揚々と、「国王と王太子の首を取れ！」と叫んでいたのを聞いたのだ。

夫を、そして生まれたばかりの息子を殺そうというのか。

――そんなことは、絶対にさせない!!

王妃様の心が怒りで高ぶった瞬間、敵軍の遥か上空に魔法陣が展開された。

その魔法陣は――この国の、いやこの世界のものではなかった。

幼い頃から受けていた魔法教育で培《つちか》ったものではなく、全く別の系統のモノだった。

しかし、それを使役する方法は魂に刻み込まれており、息をするように行使できた。

――そして。

その魔法陣から放たれる力はすさまじかった。


――一瞬にしてジェンド国との国境の川が荒れ狂い、一隻も残らず敵船が沈没した。

――ウルド国との国境付近では巨大な竜巻が現れ、敵軍を壊滅させた。

――アンベール国で雷が轟き、数ある砦をことごとく破壊した。


王妃様の魂に刻まれていた『異界の魔法』が、アースクリス国への三国の侵入を阻んだのだ。

そして、行使されたものがこの世界の魔法とは系統が全く違うゆえに、アースクリス国をはじめとする各国の魔術師たちは、三国の軍を叩き潰した強大な力の原因を突き止めることができなかった。

故に、女神様の御業。

アースクリス国に戦をしかけたことへの女神様の怒り、と後に三国のあちこちで囁かれることとなったのである。


「あの魔法を行使した時、本当の意味で確信したわ。——女神様は『すべて』をご存じであられた。故に私にクリスウィン公爵家で生を受けさせ、王妃としてアースクリス国を『守る』立場に置いたのだと」

ひいお祖父様が、静かにゆっくりと頷いた。リンクさんとローズ母様も。

「——フィーネが私の娘として生まれたのは、女神様のお導きだったのでしょう」

クリスウィン公爵も深く頷いていた。

「あの異界の魔法——自分でも驚いたのよ。あまりに強大すぎて——自分でも恐ろしくなったわ」

戦地には、意識を飛ばして行ったという。

——だから、王妃様が異界の魔法を使ったことは、本来なら、国王陛下と四公爵家の者しか知らない事実だ。

それをあえて王妃様がこの場で話すのは——王妃様と同じく女神様の加護を持った私のためなのだろう。

先日、私が『女神様の導き』で意識を飛ばし、その後魔力切れで倒れてしまったことを、ひいお祖父様、デイン辺境伯、リンクさん、そしてローズ母様は、王妃様やクリステーア公爵のアーネスト お祖父様から直々に説明を受けた。

その際、『女神様の加護を持つ者』の他に、クリスウィン公爵をはじめとする四公爵家と王族もまた意識を飛ばすことができるということが告げられた。

それは国家機密でもあったため、伏せることもできただろうけれど、今後私が同様の事態に陥った時のために秘密を共有した方が良いとの、アースクリス国の国王陛下の判断だったそうだ。

絶対に秘するべき国家機密であること。

――そして、私の身の安全のためにも秘匿することを、ひいお祖父様たちは約束していたのだった。

王妃様は続ける。

「でも、お父様やお母様、お兄様は変わらずに接してくれたわ。――もちろん陛下も」

その時、三国による一斉攻撃を受け、明らかに不利だった戦局をひっくり返した王妃様の魔法は、数千もの敵兵を薙《な》ぎ払った。

王妃様がジェンド国側に意識を飛ばした時に繋がっていたのは、夫である国王陛下だ。

同様にウルド国側にはクリスウィン公爵、アンベール国側にはリュードベリー侯爵がいたのだ。

王妃様と深い繋がりを持っていた三人は、それぞれに戦地で王妃様の意識の存在を感知していた。

繋がっていたからこそ、強大な魔法で、敵軍に壊滅的な打撃を与えたのが、王妃様だと分かったのだ。

そして、繋がっていたからこそ、王妃様が自らが放ったその強大な魔法の力で——敵とはいえ数千の命を屠ったことで、心に消えることのない大きな傷を負ったことも感じ取ったのだ。

「当たり前だろう。お前は私の大事な大事な、可愛い娘だ。それに、お前の力は女神様に与えられたものであり『必然』なのだ。女神様の導きによって行使した力に罪悪感を覚える必要などない」

王妃様の両隣に座っていたクリスウィン公爵とリュードベリー侯爵が、王妃様の背を優しくぽんぽんしていた。

「そうだよ。フィーネはアースクリス国の王妃として国を守るために戦ったのだからね」

「お前は優しい子だ。私たちはそれを知っている。もちろん陛下もな」

「——五年前の初戦は、本当に、本当に大変だったと聞いています。三国の士気が最も高く、初戦でアースクリス国を落とすための精鋭部隊ばかりだったのです。敵国の魔術師も名の聞こえた者たち揃いで巧妙に戦いを仕掛けられたと、教え子の魔術師たちから聞いていました。私も魔術師たちのサポートとして王都の軍部にいたので、初戦の苛烈さは知っています」

ひいお祖父様が頷きながらそう言った。

——戦争とは殺し合いだ。

今でこそ、アースクリス国は軍勢を率いてウルド国へと侵攻しているが、開戦直後は三国からの侵略を阻止するので精いっぱいだった。

「軍事力を分けて対応せざるをえなかったアースクリス国軍が圧倒的な数の違いゆえに押され始めた時、『国王の首を取れ！』と敵軍の将軍が叫び、勢いづいた敵の軍勢が呼応し、同様の言葉を連呼したと。――あの時は『死を覚悟した』と彼らは言っていました」

聞いているだけで、心が痛い。

王妃様は、その場でその現状を見て、その言葉を聞いていたのだ。

「王妃様は女神様に与えられたお力で、同胞を助けてくださった。感謝しかありません」

ひいお祖父様が感謝と敬意を込めて、頭を下げた。

「その通りです。もしあの時、王妃様がいなければ、多大な犠牲を払うことになっていたことでしょう。本当にありがとうございます」

リンクさんも王妃様に感謝の意を伝える。

「フィーネ。私はあなたのことが大好きよ。あなたが動いてくれなかったら、初戦で多くのアースクリス国の民がもっともっと喪《うしな》われたことでしょう。あなたが敵を撃退して国境を越えさせなかったことで、民は護られたの。女性も子供も誰一人戦火に巻き込まれなかった。本当にありがとう。私たちを守ってくれて」

ローズ母様が王妃様を真っ直ぐに見つめて、静かに言葉を紡いだ。

親友がこの五年間、ずっと苦しんできたことを初めて知ったのだろう。

「あなたは民を守っただけなのだから、苦しまないでほしい」と――そう続けた。

「ローズ……」

ローズ母様の言葉に、王妃様の瞳が潤んだ。

そうだ。この五年間、戦争に行って亡くなった人は大勢いるけれど、攻め込まれて亡くなった民間人はほとんどいないと聞いている。

　デイン領に攻め込まれた時も、辺境伯軍とクリスフィア公爵率いる軍が防波堤となり、領民の犠牲は免れたという。

　最初の半年間での、相次ぐ三国同時の卑怯な奇襲。

　私たちが今もこうして無事なのは、その度にアースクリスを守る軍の人たちと共に、王妃様が敵を払いのけてくれたからなのだ。

「おうひしゃまは、みんなのおかあしゃま」

　王妃様は『国母』。

　アースクリス国の民はすべて、王妃様の子供なのだ。

　その民《子供》を寄ってたかって虐めて踏み潰そうとするのを、お母さんが蹴っ飛ばした。

　それだけのことだ。

　だから、あまり自分を責めないでほしい。

「――アーシェラ？」

　王妃様をはじめ、みんなの視線が集まる。

「おうひしゃま、あーしゅくりしゅのみんなのおかあしゃま。いじめっこ、ふんってちた」

　私はソファから降り、片足で床をふんふんした。

　いじめっ子は、アンベール国、ウルド国、ジェンド国だ。

　みんなで寄ってたかって、アースクリス国をいじめたのだ。

怒りのあまり、足元に三国があるイメージでぐりぐりと踏み潰した。

「わりゅいいじめっこ、めっ！」

ふんふん、ふんふんと。

「くっ！　はは。そうだな。確かにあいつらは、いじめっ子だ」

クリスウィン公爵が噴き出した。

「五年も諦めない、しつこいいじめっ子たちだな」

リュードベリー侯爵も笑いが止まらない。

「おかあしゃま。あーちぇ、だいしゅき」

王妃様はみんなのために戦ってくれた。そのために失われた命に心を痛めてる。

王妃様が悪人ならば心を痛めることも悩むこともないだろう。王妃様は優しいから辛《つら》いのだ。

私は、平然と人を殺す人間が大嫌いだ。我欲のためにそれを為す人間も。

アンベール国もウルド国もジェンド国も。

我欲のためにアースクリス国を蹂躙し、アースクリス国の民を殺そうとしていたのだ。

――だから。

みんなを守るために行使した力の結果を、自らの罪だと思わないでほしい。

それは王妃様のせいではないのだから。

――だから、そんなに自分を責めないで。

私はテーブルの向こう側の王妃様の側に行った。

そして、真っ直ぐに王妃様の瞳を見て、もう一度言った。

「あーちぇ。おかあしゃま、だいしゅきよ？」

「——ああ……。アーシェラ」

王妃様がくしゃりと泣きそうな顔で笑い、手を伸ばして、私をぎゅうっと抱きしめた。

「——ありがとう、アーシェラ」

その腕と声が震えている。

リュードベリー侯爵が王妃様の背をぽんぽんしている。

そこからとてつもない、いたわりの感情が伝わってくる。

ああ。リュードベリー侯爵は、王妃様の心の傷がとっても深いことを知っているんだ。

そして、王妃という重責を背負って、王宮で常に気を張っていることも。

私も思いっ切り王妃様を抱きしめる。

——抱きしめることで、伝わってほしいと願って。

◇◇◇

五年前の初戦では、王妃様のおかげで難を逃れた。

しかし、国王陛下や公爵たちは王妃様に頼りっぱなしでいるほど、愚鈍ではない。

現に圧倒的に数の上で不利でも、智の結集で幾度も勝利を勝ち取ってきた。

――三国による卑怯な一斉攻撃は開戦後、一度のみならず、数度行われた。

それは、短期決戦でアースクリス国を落とそうとしたからだ。

その一つが、デイン辺境伯領で繰り広げられた戦いだ。

最初の戦で、三国に対し大きな魔法を行使した王妃様は、力を使い果たして、それから一か月ほど目を覚まさなかったそうだ。

その間に三国は間を置かずに、デイン辺境伯領を襲ったのだ。

その時のことは以前に聞いていた。

デイン辺境伯率いる辺境伯軍とクリスフィア公爵が率いる王国軍、そしてひいお祖父様。

司令官たちは、いずれ劣らぬ強者たちだ。

初戦と同じく、三国の一斉攻撃による圧倒的な数の違いで一度押されはしたが、駆け付けた優れた指揮官ディークひいお祖父様《ディークひいおじいさま》の下で的確な戦法を展開させ、勝利を手にした。

王妃様の魔法の力がなくても、敵国の正規軍を壊滅させたのだ。

三国は、半年にわたり、一斉攻撃を数度繰り返し、その度に叩き潰された。

王妃様は女神様からの意思を体現し続けた。

最初の戦いこそ、三国の軍勢を強力な魔法で退けたものの、国王陛下や四公爵からの必死の説得で無理はしないことを約束させられたため、魔法の規模は小さくなっていたが。

やがて半年が過ぎた頃、三国からの一斉攻撃がなくなった。

三国は幾度もの壊滅的被害を受け、これ以上の連続的な侵攻をする力がなくなったのだ。

アースクリス国は、開戦直後の激動の半年間を辛《から》くも乗り切ったのだ。

なお、三国による一斉攻撃は、開戦後の半年間で五回もあったとのことだ。

つまりは大体一か月に一度、苛烈な戦いをアースクリス国は挑まれたということだ。

「ひどい！　ごかいも！　よってたかって！」

聞いた瞬間、思わず叫んでしまった。

半年で五回。五回だよ!?

三方向を敵に囲まれているアースクリス国にとって、それがどんなに大変なことか。

どこまで卑怯なんだ!!

「ゆるしぇない!!」

もう一度地団駄を踏もうとしたけれど、今の私は王妃様に抱っこされたままだ。

代わりに両手で自分の腿をぱんぱん叩いた。

王妃様は、すっきりした顔になって、私を見てくすくすと笑っている。

元気になって良かった。

「ふふ。本当よね。でもね、その五回で三国の正規軍の力をだいぶ削ることができたのよ」

「そうだな。攻め込んできた軍の司令官はすべて粛清したからな。敵国にとって、最初の数回で主だった将軍を消されたことは相当な痛手になったはずだ」

さらりと、クリスウィン公爵が驚愕するようなことを言った。

——え？　それって相当すごいことだよね？

実は、攻め込んできた敵の将軍は確実に仕留めていたそうだ。

「司令官《トップ》を斃《たお》せば大抵周りは動けなくなるからな」

クリスウィン公爵は「当然のことだ」と言うが、司令官は大抵敵陣の奥にいるはずだ。そうそう倒すことはできないのではないだろうか。

「方法は極秘だ。だが不可能ではないのだぞ」

にやり、とクリスウィン公爵が笑む。

「父上。悪い顔になっていますよ」

リュードベリー侯爵もくすくすと笑っている。

二人とも私の頭を交互に撫でている。

撫でられるのは好きだ。気持ちいい。

でも、そうか。

指揮官がいなくなれば周りの軍人はなかなか自分で動けないだろう。

奥深くにいる司令官が討たれたとなれば、確実に士気が落ちる。

初戦では、徴兵された平民はほとんどおらず、正規の訓練を受けた軍人ばかりだったそうだ。

王妃様により壊滅させられた後も、三国はアースクリス国を落とす戦争のために正規軍を増兵し、二度、三度と送ってきた。

その度に、アースクリス国は侵入を阻止し、彼らを壊滅させた。

「あの時は、バーティア先生にも戦略会議に幾度も参加していただいて、本当にありがたく思っております」

「ええ。おかげであれ以降、魔術師たちの働きがものすごく向上しました。本当に感謝していますす」

え？　そうだったの？

「魔術師たちの指導をしただけだ。礼には及ばん」

「戦争は情報戦でもあります。内通者を暴いてくださったことにも感謝いたします」

「たまたま気づいただけだ」

ああ、ひいお祖父様かっこいい～。

国王陛下や公爵たちがディークひいお祖父様の敬語を嫌がるのは、こういったこともあるからだと思う。


その後、攻め入る場所を変えても同様に叩き潰されるため、ウルド国やジェンド国、アンベール国の兵たちの間では、『アースクリス国には女神の加護がある』と噂された。

半年の間に主だった将軍たちが死に、指揮官の質が落ちた。

新たに指揮官となった者たちは、将軍たちがいなくなったために穴埋め的に入った者たちが多く、明らかに力不足だ。

勝利を独り占めしようとする者。

功を焦る者。

他の二国を出し抜こうとする者。

そして、軍人たちが多く戦死し、徴兵された平民が大勢軍に加わったことで、士気もかなり落ちたとのことだ。

それぞれの事情、そして思惑が絡まり、半年を過ぎた頃から三国が手を携えて一斉攻撃してくることはなくなった。

それを機に、王妃様は戦場に行くことをやめたそうだ。

――けれど、足並みが揃わなくなっても、三国の同盟は破棄されず、アースクリス国への侵攻は続けられた。

三国とも、侵攻を繰り返していけば、いつかアースクリス国が力尽きるだろうと思っていたのだ。

そして、また戦力が整った時には、一斉攻撃を仕掛けようと虎視眈々と狙っていた。

――だが、三国の思惑は思わぬ方向へと外れた。

戦争をアースクリス国に仕掛けた年から、自国が不作に見舞われたのだ。

格段に収穫量が落ち、一気に食べていくことが難しくなった。

それでもこれまでの備蓄により一・二年は保った。

『不作は一年限りだろう』

誰もがそう思っていたが、翌年、そのまた翌年もと、不作どころか凶作となっていったのだ。

開戦後、三年経った頃には備蓄も底をついた。

アースクリス国を除いた三国は、自給して食べていくことが困難になり果てた。

三国の上層部は、民のわずかな貯えを強制的に搾り取り、上層部《自分たち》の食糧と戦地の兵糧にした。

――アースクリス国を落とした暁には、お前たち平民にも豊富な食糧を与えるからと。

しかし、民からしてみれば、日々食べるものもないというのに、いつ終わるか分からない戦争の先のことを言われても納得などできない。

そもそも言いがかりをつけて、アースクリス国へ戦争を仕掛けたのはウルド国やジェンド国、アンベール国――自分たちの国だ。

作物が不作となり、餓死者が出てきても、穀物や税の取り立てが来る。

生きて帰る見込みのない召集令状が届き、それゆえに働き手のいなくなった家にも容赦なく、だ。

民の不満が爆発して、今や、ウルド国やジェンド国、アンベール国は、内側から崩れつつある。

各国で内戦が起き、アースクリス国への明らかな侵攻は、ここ二年ほどない。

しかし、三国からのアースクリス国の王族への暗殺者はいまだ多数放たれているのが実情なのだそうだ。

◇◇◇

王妃様の告白から始まり、現在の状況を聞いた後、王妃様は改めて私を見て言った。

「アーシェラが商会の家で育ったことも、必然なのだと思うわ。私とは違う形で、こうやって皆に影響を与えているもの」

「「そうだな」」

クリスウィン公爵とリュードベリー侯爵が二人で頷いた。

「私は陛下や公爵たちと共に最前線で国を守る。アーシェラは国の内側で民を。女神様の菊の花はその最たるものでしょう。――菊の花は、アースクリス国のみならず、確実にこの大陸の民を飢えから救う。これまでのことで、アーシェラが行動することで色々なものが大きく動いていると実感しているわ。それは、女神様たちの御心とも言えることでしょう」

「……しょうなの？」

王妃様に与えられた『役目』は、魔法使いの力で理不尽な敵からアースクリス国を守ること。

それを、王妃様はしっかりとやってのけた。

でも、私は？

加護を貰ったけど、私がしていることは、はっきり言って『美味しいものを作って食べること』に特化しているような気がしている。王妃様の足元にも及ばない。

「あーちぇ。たべたいのをちゅくってるだけよ？」

本当にそれに尽きるのだ。女神様の使命うんぬんではなく。

「うふふ。食べ物だけじゃないのよ？　アーシェラが知らなくても、アーシェラのおかげでいろんなことが回っているのよ」

「そうだな。本人は気づいていないようだな」

クリスウィン公爵が深く頷いている。

何のことだろう？

「——大丈夫。そのうち分かるわ。アーシェラは食べること以外もたくさんしているのよ」

「そうだ。菊の花やアーシェラちゃんのおかげで、うちの一族のカシュクールの隠されていた犯罪が明るみになったのだ。——すべては繋がっているのだよ」

「アーシェラちゃんが知らなくても。気づいていなくても、物事は意味を持って動いているのですよ」

リュードベリー侯爵まで深く頷いていた。

？　そうなの？

その言葉に、リンクさんもひいお祖父様も「そうだな」と頷いていた。

「ふふ。でも、必然とか言われてもアーシェラは困るでしょう。魂の記憶は便利な知識、くらいに捉えればいいのよ。——それにアーシェラが作るものは本当に美味しいものばかりだし！　美味しいものは人を幸せにしてくれるのよ」

すっかり元気を取り戻した王妃様が声を弾ませた。

「私の子供たち《アースクリス国の民》のために、私はいつでもこの力を使うわ。アーシェラは思いのまま、心の赴くままに元気に暮らしてくれればいいの。——それだけでいいのよ」

きゅうっと、王妃様が私を抱く腕に力を込めた。

「——ああ。本当に可愛いわ。うちの息子のお嫁さんに欲しいわ」

え？　王妃様の息子って。

それって王子様のことだよね？

クリスウィン公爵とリュードベリー侯爵がうんうんと頷いている。

「「いいな。それ」」

冗談だよね？

だって、私は誰の子供か自分でも知らないんだよ？

そんな私が高貴な血統の王家に嫁ぐなんてとんでもない。

「アーシェラちゃんには女神様がついている。未来の王妃として、これ以上はない後ろ盾だよ。アーシェラちゃん、王子様のところにお嫁に来ないかい？」

と、私の心の中の疑問を察したらしきクリスウィン公爵が、琥珀色の瞳をキラキラさせている。

テーブルの向こう側ではひいお祖父様が苦笑し、リンクさんは苦虫を噛み潰したような顔になっている。

「クリステーア公爵からは『戦争が終わるまで保留で』って言われちゃったのよね」

うん？　まさか王妃様、本気なの!?

クリステーア公爵って、もうアーネストお祖父様に話をしていたの!?

それって、もしかして断ったら不敬罪でバッサリされる類いの話？

いやいやいや。その前にそもそも王子様に会ったこともないのに結婚とかありえない。

それに王子様だってまだ五歳。

衝撃で言葉を発せずにいたら、

「フィーネ、どういうこと？」

王妃様の呟きを聞いたローズ母様が、アメジストの瞳に強い光をたたえ、これまた強い口調で王妃様に問うた。

「大丈夫よ、ローズ。選ぶのはアーシェラよ」

無理強いなんてしないわよ、と王妃様が続けた。

「……確かに。女神様のお怒りはもう二度と味わいたくないからな」

クリスウィン公爵は何かを思い出したようで、ふるりと顔を強張らせた。


——あの。皆さん。私はまだ四歳ですよ？

まだまだやりたいことがあるので、適齢期になるまで、保留で（不敬罪は怖い）。

保留でお願いします。

9　王妃フィーネ（フィーネ視点）

私はフィーネ・クリスウィン・アースクリス。

クリスウィン公爵家の娘にして、アースクリス国の王妃。

――幼い頃から、私には魔力が視えた。

それは魔力の強いクリスウィン公爵家直系の者であれば当然のことだけれど。

大好きなお兄様にくっついて、家庭教師の魔法の授業をすぐ近くで聞いていても、時々『その方法以外にも同じ結果に結びつく魔法がある』と、勝手に頭に浮かんできたりした。

でも、それがなぜかは分からなかった。

基本的に国民は七歳で鑑定を受けて、素養がある者はそこから魔法教育を始める。

特に高位貴族になるほど魔力が強い傾向にあるので、貴族の子女は早くて五歳くらいから鑑定を受けることになる。

名実ともに国を支える公爵家に生まれたお兄様は、五歳で鑑定を受け、お父様が選んだ教師から魔法教育を受けていた。

私は幼い頃からお兄様が大好きで、『邪魔をしない』と約束をして、お兄様がお勉強している時も側にいた。

おかげで私は、まだ鑑定を受けていなくても、魔法の基礎がすっかり身についてしまった。

ある時、お兄様が魔法の教師から宿題を出されたことがあった。

実はその頃ジェンド国側で小競り合いが起きていて、魔法省に属していたその家庭教師も派遣されることになったため、授業の代わりにと魔法の箱を置いていったのだ。

出された宿題は、『これまで教わった魔法を駆使して魔法の箱を開けること』だった。

その当時、私は四歳。五歳上のお兄様は九歳だ。

お兄様は魔法を色々と試して、自力で魔法の箱を開けた。

最初は簡単な魔法で。

一度蓋を開けると、箱は自動的にレベルアップし、段々難しくなる。

私はお兄様と二人で習ったことを（私は正式にはまだだが）駆使して、箱をどんどん開けて、どんどん難しくなるのを楽しんでいた。

お兄様は私の魔法の適性が高いことをすごいと褒めてくれて、たまに「べちゅなやりかたもありゅよ」と頭に浮かんだことを教えると、「ほんとだ！　フィーネはすごいね!!」といつも私を肯定してくれた。

——けれど、そんな私を、同年代の子供たちは気味が悪いと遠巻きにした。

四歳なのに言葉がたどたどしく、身体も小さい。

それなのに、年上の子や大人と対等に話をし、さらには、他の同年代の子が使えない魔法をすでに使えていたのだ。

今ではそれが異質なことであると分かるが、その当時の私に分かるわけがなかった。

私が王太子殿下の婚約者だから、表立っては攻撃してこないけれど、よく陰で悪口を言われたものだ。

そして、五歳になった時、大神殿で魔力の鑑定を受けた。

そこで、私が女神様の加護を持っていること、そして過去世の『知識《きおく》の引き出し』を持っていることを教えてもらったのだ。

魔法に関しての知識が深いことの理由が分かった。

――けれど、女神様の加護を持っていることが分かると、私の周りは以前と変わった。

加護を持っていることで、私をつけ狙う者が明らかに増えたのだ。

外出もままならず、厳重な警備を敷いた公爵家の中で身を守る術を学ぶ日々を送った。

王室に嫁ぐ者としての慣例により、年の半分ずつを実家と王宮で暮らしながら、次期王妃となるための教育を受けてきた。

公爵家の令嬢として、王太子殿下の婚約者として、そして未来の国母としてさまざまな教養を身につけ、武装してきたのだ。

◇◇◇

十九歳になった頃、身を守るための高位魔法を習得した私は、アースクリス国の全寮制の魔法学院に入学した。

入学が遅れたのは、その高位魔法を使えるようになることが第一の条件だったからだ。

――実は、鑑定を受けて間もない頃に私は攫われたことがあった。

周りの者たちが傷つけられても何もできない自分が悔しかった。

だから妥協せず、己が納得できるまで魔法の勉強をしてきたのだ。

しかも魔法学院は全寮制。

過去に希少な魔力を持った人物が魔法学院から攫われて無残な姿で発見されたこともある。

だからこそ、自分で自分の命を守れるようにと、魔法省のトップを師匠とし、魔力が思い通りに使えるよう技を磨いてきた。

師匠のお墨付きを貰った私は、他の貴族の入学年齢よりも何年も過ぎてから魔術学院に入学した。

すでに卒業資格が与えられるレベルまで魔力を扱えるようになっていたので、勉強は真剣にしなくても大丈夫だ。

なぜそんなにしてまで魔法学院に入学したかというと。

――実は、魔法学院を卒業しないと、大好きな王太子殿下と結婚できないのだ。

生まれた時からの婚約者である王太子殿下とは、言うと恥ずかしいが――相思相愛だ。

とにかく私は二年間、私を狙う者をかわして、卒業しなければならなかった。

そうして入学した魔法学院で、私は生涯の親友と出会った。

——ローズ・バーティア子爵令嬢。

私より五歳年下の、とっても綺麗な女の子だ。

銀糸の髪、神秘的なアメジストの瞳、綺麗な顔立ち。そして何より美しかったのは、その真っ直ぐな心根だった。

魔法学院の中では貴族も平民も、すべて等しく生徒である。

それが根底にあるはずなのだが、学内はまるで貴族社会の縮図のように、平民出身の生徒を蔑むような態度をとる貴族出身の子息や令嬢たちがほとんどだ。

身分を振りかざす令嬢たちが多い中で、誰に対しても公平に接していたローズ。

私はそんなローズが大好きになった。

ローズと共に過ごした魔法学院での二年間は、私にとって生涯の宝物だ。

そして、ローズは魔法学院を卒業した後、クリステーア公爵家に嫁ぐことになった。

公爵家は王家と同等の権力を持つ家である。

故に、公爵家の人間となるローズは、私の住む王宮に頻繁に出入りしても見咎められることはない。

魑魅魍魎《ちみもうりょう》が跋扈《ばっこ》するこの王宮で、レイチェル女官長の他に、心から信頼できるローズがたびたび来てくれたらどんなに楽しいだろう、と胸を躍らせた。

けれど、王家に嫁いだ私が息子を出産してすぐ、事態が急変した。

アースクリス国に、アンベール国、ウルド国、ジェンド国の三国が牙を剝いたのだ。

ローズの夫であり、クリステーア公爵家嫡男のアーシュさんがアンベール国で行方不明になり、クリステーア公爵家の中でのローズの立ち位置が、現公爵の弟のリヒャルトやその妻のカロリーヌのせいで危うくなった。

その後飛び込んできた報せは、ローズの懐妊だった。

もちろんその朗報には喜んだけれど、すぐにリヒャルトが、ローズとお腹の子を害そうとしていることを知った。

そして、あっという間に戦争が始まった。

夫が侵攻してきたジェンド国側に行ったとたん、ウルド国側からの侵攻の報告を受けた。

そしてアンベール国からの侵攻の報告も。

——宣戦布告を受けて初めての戦いが、三国からの一斉攻撃とは。

聞いた直後は、その卑怯さに怒りで目の前が真っ赤になった。

そして戦争が現実となったことに、身体が恐怖で震えた。

夫や、四公爵たちが戦場へと行くのを見送ったが——心配でしょうがなかった。

一国の軍を三つに分けているのだ。

夫は、父は、兄は。

縁戚でもある他の公爵家の当主のことも心配でしょうがない。

——そうして私は意識を飛ばした。

そこで、ジェンド国の将軍の言葉を聞いたのだ。

『アースクリス国は三方から攻められ、すぐに瓦解する。アースクリス国王と、王子の首を取れ!!』と。

——冗談じゃない。言いがかりをつけて侵攻をしてきたお前たちに、愛する夫と愛しい我が子の命を渡すものか!!

そう思った瞬間、私の中から何かが飛び出してきた。

——これは、私の大事な者たちを守るために女神様から与えられたもの。

そう、瞬時に悟った。

「——誰一人、渡河させるものですか!!」

魔法陣を描き、ジェンド国の軍船を破壊しつくした。

川を逆流させ、離れた砦を破壊し、夫を殺すと叫んでいた将軍を呑み込んだ。

ウルド国側には父、クリスウィン公爵がいた。

私は理不尽な戦争を引き起こした三国への激情のままに、魔法陣を展開させた。

体格の良い軍人たちを多数率い、陸上戦が得意なウルド国。

彼らは、砦を国境近くにいくつも作り上げていた。

「アースクリス国の男を皆殺しにして、女子供を他の大陸へ売り払おう」

との下卑た言葉が軍の中枢から聞こえてきた。

「アンベール国でも同じ話が出ていたぞ。半分はアンベール国に渡せってな」

風が届けた砦の中の声は、自分たちが勝利した後、どうやってアースクリス国を踏みにじろうかという内容ばかりだった。

三国が相手では、アースクリス国には絶対に勝利の可能性がないと思っているのだろう。

――ふざけないで!!

私は、すでにアースクリス国の国母。

アースクリス国の民は私の子だ。

私は、思いのままに魔法陣を操る。

私が今描いている魔法陣は、この世界のものではなかった。

これが、過去世のものだと気づいていた。

――それでもいい。

私の、アースクリス国の民を守るためなら、どんな力だって使う。

私の力が、竜巻を無数に発生させた。

意識体で魔法を使うのは、負担がかかる。

瞳の奥がとてつもなく熱い。

力の限界が近づいてきているのが分かった。

――けれど。今。

――今ここで、やらなくては。ここで食い止めなくてはいけないのだ。

私は天を仰ぎ、この瞬間を見ておられる女神様に願った。

――女神様。これは国母たる、私の役目です。

――どうか、アースクリス国を守るために。お力をお貸しくださいｌｌ
瞬間、私の中から金色とプラチナの光が飛び出してきた。
その光が描くのは、私の中では馴染み深い異界の魔法陣――
そこから生み出された竜巻は――ウルド国側の軍勢を呑み込み、砦をすべて破壊した。
そして、遠く離れたアンベール国でも。
同時刻に複数の砦の周りを無数の雷が襲い、壊滅させた。
――その後、私は力を使い果たし、気を失ったのだった。

◇◇◇

――目覚めたのは、あれからひと月ほど経った頃だった。

「――無茶をしたな。フィーネ」

目が覚めた時、夫であるアースクリス国の国王陛下が私の顔を覗き込んでいた。

真っ直ぐな銀の髪に、青い瞳。

その青い瞳がふと、安堵の色を浮かべた。

「レイ……あなた……」

私が『陛下』と呼ぶのを嫌うので、愛称で呼ぶと、夫が私の手を取ってぎゅうっと握った。

「一か月も眠っていたのだぞ」

「いっかげつ……。三国相手にそれなら、一国くらいだったら倒れないかしら」

私の言葉にぎょっとした夫に、もう無茶はするな、と諭されたが、私は宣言した。

「私は国母よ。同じことがあれば、同じことをするわ」

魔法陣を使って、三国の敵兵を薙ぎ払った。

私は、この手で大多数の敵を葬ったのだ。

――夫を、息子を。そして、アースクリス国を守るために、女神様は私にこの力《記憶》を残してくださったのだから。

「――『女神様は必然を与える』。私の記憶に異界の魔法が宿っていたのは、必然だった。アースクリス国の民を守るために」

アースクリス国を守るために、私は――敵である三国の兵の命を数え切れないほど屠った。

――現実は残酷だ。

クリスウィン公爵家の令嬢として大切に育てられ、そしてアースクリス国の王妃として、多くの人に守られてきた。

――そんな自分がまさか、人を殺める日が来るとは思わなかった。

それがたとえ、敵であったとしても。


――それでも。

あの時、私は決断した。

妻として、母として、国母として。

大事な人たちを守るために――この魂に宿った力を使うと。

夫は私を抱きしめて、安心させるように、宥めるように、大きな温かい手で私の背を何度も撫でた。

「確かに、助かった。――だが、これから先は私に任せてくれ」

「――レイ」

「フィーネのおかげで、三国は大きなダメージを受けた。――だが、私のダメージを考えてくれ。フィーネが目を覚まさないこの一か月。……生きた心地がしなかった」

私の背に添えられた陛下の手が、腕が震えている。本当に心配をかけてしまったようだ。

「レイ……」

「一か所に意識を飛ばすだけでも負担がかかるのだ。それなのに続けざまに三か所に意識を飛ばして、あまつさえ意識体のままであんな強力な魔法を行使したんだ。――もう目覚めてくれないのかと、どんなに……」

いつも冷静沈着な夫が身体を震わせている。

決して外では感情を出さない完璧な国王陛下である彼は――私にだけは感情を隠さずに、すべてを見せてくれる。

『大事にされている』と感じずにはいられない。

――ああ、この人を護ることができて良かった。

やっと『罪悪感』という分厚い氷がとけて、夫を、息子を、そして民を守ることができた、と、じわりと喜びが心を満たした。

「ごめんなさい。レイ」

心配をかけて。でもね。

「――次からは一か所か二か所にするわ」

私の言葉に、夫《レイ》が驚愕の声を上げた。

「フィーネ！」

「本当は血を流さずに済めばどんなに良かったかしれない。でも、それは回避できないのだと今回思い知ったわ。――だからこそ、女神様は私にこの力を与えたのだから」


――『創世の女神は必然を与える』。


そして私は、必然を与える女神様の加護を貰っているのだ。

その意味を誰よりも国王である夫《レイ》は知っている。

知ってはいても、私を愛するがゆえに、愛してくれているがゆえに、私が負う心の傷を案じ、私を戦地から遠ざけようとしてくれている。

――ありがとう、レイ。

そんなあなたが守るアースクリス国を、私も一緒に守るわ。

「私はアースクリス国の民を守る。今回のように一斉に卑怯な真似をされた時は容赦などしないわ。

――その代わり、それ以外の時はレイと公爵たちにお願いするわね」

私はそう宣言した。

夫も父も兄も、そして他の公爵たちも、優れた人たちだ。

これまでだって、常に各国の侵攻を防いできた優秀な指揮官たちなのだ。

常ならば私が出る幕ではない。

けれど、女神様は私をこの時代の、この場所に置いた。

その意思を、その意味を知った。

ならば、その役目を果たす――そう決めた。

◇◇◇

――その後、私の役目を果たす戦いが何度も起きた。

開戦後、初戦を合わせて五回。

三国は示し合わせて、一斉の侵攻を繰り返した。

その度に、私は魔法を行使し、三国の思惑を潰した。

開戦後、半年ほど経った頃、私の親友のローズがアーシェラを産んだ。

「ああ。ローズにそっくりね」

私の乳をこくこくと飲むアーシェラ。

金色の柔らかな少し癖のある髪に、キラキラした薄緑色の瞳。

クリステーア公爵家の直系の血を受け継いだ珠玉の姫だ。

生まれた時はとても小さかったが、元気に育ってくれている。

戦争が始まって一年が過ぎた。

今ではもう、三国一斉に仕掛けてくることはなくなった。

当然だろう。

私はアースクリス国を守るために、何度も敵軍を壊滅的に叩き潰してきたのだから。

『アースクリス国は創世の女神様に護られている』と敵軍は思い始めているとの報告があった。

その通りだ。

だからこそ女神様の加護を持つ私がアースクリス国の王妃となっているのだ。

アースクリス国を守るためならば、私は、いつでも女神様に与えられたこの力を振るう。

愛する人たちを守ることのできる力を持って生まれたことを女神様に感謝した。

正直なところ、敵とはいえ敵軍を殲滅するのは本意ではなかった。徴兵されてきた平民もいるのだから。

だから、最近は襲い来る敵軍の指揮命令系統を徹底的に潰した。

指揮官さえいなければ、多くの兵は自ら動くこともできないのだから。

アーシェラが生まれた頃は、徹底的にやり込めた直後でもあったため、少し戦局が落ち着いていた。

「本当に可愛いわ」

愚かで狡猾なリヒャルトからアーシェラを守るために、アーシェラは生まれてすぐにクリステーア公爵家から王宮の隠し部屋へと転移させられた。

初乳は魔法を使い、何とかローズの母乳を飲ませることができたけれど、その後はほとんど私の乳でアーシェラを育てていた。

私のたった一人の親友の子。

「アーシェラ。あなたも女神様の愛し子なのね……」

私には一生懸命乳を吸うアーシェラが、私と同じ女神様の加護を貰っていることが分かった。

薄緑の瞳の奥に女神様の祝福の刻印がある。

その刻印は同じく女神様の加護を貰っている私にしか見えない。

このことは夫である陛下《レイ》にしか告げていない。

クリステーア公爵やレイチェル女官長が知れば、愛する孫を今以上に心配し、心を痛めるだろうから。

この子は将来どんな形でこの国を守るのだろう。

――できれば、私のような魔法使いではないように。

可愛い可愛いアーシェラが戦地に行くことのないように。

――私は、この子のもう一人の母親。

愛しい我が子を、ましてや女の子を戦地に送ることは絶対にしない。

女神様の魔法使いは私一人で十分よね。

――女神様は必然を与える。

その必然の一つは、魔法使いである私。

それではこの子は？

私とは違うものをアーシェラは女神様に課せられている。

それが何かはまだ分からないけれど。

「ああ。可愛い……」

キラキラした薄緑の瞳がとてつもなく愛おしい。


アーシェラ。あなたが幸せであるように。

こんな激動の時代の中で生まれたあなた。

女神様の愛し子で、クリステーア公爵家令嬢のあなたは、私のあとを継ぎ、次代の王妃となるのでしょう。

それならば。私は戦争を終わらせる役目を担いましょう。

◇◇◇

アーシェラを手放して三年近くが経った頃。

クリステーア公爵が私に贈り物をしてきた。

この国で初めて作られた『ラスク』という食べ物と共に、ある書類を持って。

それは、ラスクのレシピ保有者が登録済みであることを示す書類。

――そこにはアーシェラの名があった。

その頃からバーティア領の護衛から届く定期的な報告書の中に、アーシェラの『したこと』が書かれることが多くなった。

天使《アンジュ》の蜂蜜。

この国にはなかった米。

デイン領においても新たな産業を生み出した。

そして極め付きは――女神様の菊の花だ。

――どうしても、『飢え』というものは弱者に降りかかるものだ。

戦争により寡婦となった女性、そして子供。

戦争の弊害で生活が苦しくなった人々。

身体に障害を負った人々。

救いの手を差し伸べたくとも、末端までは手も目も行き届かなかったのが現状だった。

そんな中でアーシェラが動き、結果的に弱者ともいえる女性や子供たちが食べていくことのできる環境が徐々に形成されてきた。

菊の花で飢えから国民を救い、雇用を生み出した。

結果的に、リヒャルトの悪事を暴き出したのには驚いた。

――アーシェラの行動は、すべてに繋がっていたのだ。

食べることは、生きる力となる。

とてもとても大事なことなのだ。

私は、理不尽な戦からアースクリス国民の命を護り。

アーシェラはアースクリス国のみならず、このアースクリス大陸すべての民の命を繋ぐ。

――そういうことなのだろう。

アーシェラはまだ四歳。

この子が成長したら、どんなに美しく育つだろう。

親友のローズにそっくりだから、余計に楽しみでしょうがない。

女神様の愛し子ゆえに、様々なことが起こるだろうけれど、アーシェラを見続けるのは楽しい。

――さて。いつ息子に会わせようかしら。

王家と公爵家の繋がりは深い。

女神様の流れを汲むアースクリス国の王家には、同じく女神様の流れを汲む四公爵家の姫が代々嫁ぐ。

政略結婚と巷《ちまた》では言われているし、脈々と受け継がれる慣習はそう思われても仕方がないものだ。けれど。

アースクリス国の国王となる者は、一目見れば、『自分の相手』が分かるのだ。

それまでは誰を見ても心が動かない、冷たい王子様だ、と言われるが。

その実、自分の相手を見つければ、変わるのだ。

アースクリス国を担う者は、誰一人として、政略結婚をしたとは思っていない。

だからこれまで、あえておぜん立てしてまで、アーシェラを息子に会わせてこなかった。

「まあ。いずれ『その時』は来るでしょう」

私が陛下《レイ》に出会ったように。

――『その時』が来るのが楽しみだわ。

10　ひんみんのくさ

クリスウィン公爵家に到着した翌日、その日はクリスウィン公爵の孫、つまりリュードベリー侯爵の長男であるアルの誕生会が夕方から行われる日だった。

私たちは誕生会への出席を是非にと求められ、了承した。

わずか数日の滞在の予定だったが、マリアおば様からきちんとしたドレスを持たされていた。

たぶんこれを見越していたのだろう。ありがとう、マリアおば様。

普段王都にいるアルとアレンも夕方来るとのことで、私たちは当初の予定通り、クリスウィン公爵領に作る田んぼの視察のために農地へと足を運んだ。

「農業用水用の溜池は、秋に水田の話があった際に何か所か整備しておいた」

そう話すのはクリスウィン公爵だ。

事前の打ち合わせで水の確保が重要であることを伝えていたため、すでに準備をしていたらしい。米に対する情熱を映し出したかのように、素早い対応だ。

今の季節は冬で、雪が降る。

けれど、クリスウィン公爵領は豪雪地帯といった感じではなく、雪はないが寒さが厳しいのが特徴らしい。

今は一月の下旬。雪はところどころにあるけれど、土が見えている感じだ。

「クリスウィン公爵領は大雪が降ることは滅多にありません。ただ寒さが厳しいのがきついですね」

白い息を吐きながら、そう話すのはリュードベリー侯爵だ。

「そうね。防寒用の帽子がないと耳が痛くなってしまうわ」

そう言って、真っ白な手袋をした手で、ふわふわな白い帽子を被り直すのは、王妃様。

――そう、実は田んぼ予定地の視察には、クリスウィン公爵、リュードベリー侯爵、王妃様まで勢ぞろいしているのだ。

なんだこの視察団メンバーのラインナップ。すごすぎる。

おかげで後ろに控えているお付きの人たちや、護衛の人たちの人数も半端じゃない。

王妃様が来ているということを聞いたたくさんの領民が、一目でもいいから王妃様を見たいと、この寒い中遠くから見ている。

クリスウィン公爵領で農民をまとめている四十代の農民のビートさんと、農産物の加工の店を営むワイドさんが、王妃様と公爵親子に気を使いながらリンクさんと話を進めている。

「ここを切り開いて、溜池から水を引いて、ですね」

茶髪茶色の目のビートさんは、リンクさんと図面を見ながら水田作りの手順を確認していく。

「ああ。そういえば、バーティア領の用水路にクレソンが生えたが、一緒に有毒のドクゼリも生えた。一見見分けがつかないから、鑑定をしてやるといい」

リンクさんが、ビートさんの後方に立って話を聞いていたワイドさんに声をかけた。

「そうなんですね。ドクゼリは怖いですが、クレソンが採れるのは嬉しいですね。分かりました。きちんと鑑定します」

ワイドさんは、金色に近い茶髪に青い瞳をした、物腰が柔らかい人だ。

平民で青い瞳というのは、魔力持ちであることが多い。

確かに私の周りにいる青い瞳のセルトさんも、元神官長のレント司祭も、生まれは平民だけれど強い魔力を持っている。

実はお母様が貴族だったため、その血を引いているワイドさんも魔力持ちで、『鑑定』を持っているとのことだ。

ワイドさんのお母様は男爵家の方だったけれど、傾いた家のために経済的に裕福な家に身売りのように嫁がされそうになったところを、平民だけれど魔法学院の同級生だったお父様と駆け落ちして、クリスウィン公爵様の庇護下に入ったらしい。

クリスウィン公爵とワイドさんの両親は魔法学院の同級生で、リュードベリー侯爵とワイドさんも魔法学院の同級生で友人なのだそうだ。

確かに、緊張しつつも、ワイドさんがリュードベリー侯爵に向ける視線が優しいのはそのせいか。

今日は気温が低いけど、日差しもあり、防寒着のおかげであったかい。

クリスウィン公爵領での水田作りの前準備が着々と進んでいることを確認したリンクさんたちが田んぼ予定地をゆっくりと歩いていた時、

「――あ！　もう生えてきてる!!」

急に農民のビートさんが大きな声で言うと、奥の緩やかな丘陵地の方へと走って行った。

え!?　どうしたの？

「どうした？」

「すみません。クリスウィン公爵様、皆様方。驚かせてしまいまして。――もう、貧民の草が生え始めたみたいで、驚いてしまったのです」

振り向いたビートさんがそう言うと、

「え？　まさか。時期的に早くないか？」

とのリュードベリー侯爵の言葉に、目を細めて丘陵地を見ていたワイドさんが答える。

「先日から、季節外れの暖かさが続いたので、たぶん春が来たと勘違いしたのでしょう。ここから見てもわずかですが生えているように見えます」

「そうなのね。あれは生命力が強くて一度芽が出たら地中の根でどんどん増えるから……困ったわね」

王妃様も難しい表情で頷いていた。

「ひんみんのくさ？」

それって、何？

「ああ、アーシェラは知らないのだな。春に生える毒草だ。毒といってもわずかに含有されている程度だが、長年食べ続ければ内臓をやられる。——数日前に教会で会ったジェンド国から移住してきたトムさん。彼が食べていた草のことだよ」

ひいお祖父様が説明してくれた。

「放牧している家畜が間違えて食べてしまって中毒になったりもする。だから、生え始めたら定期的に土の魔法で地下の根や茎を切断したり、その場所を火の魔法で焼いたりして防除するんだよ」

そうなんだ。

「バーティア領でも同じことをしている。冬の終わりから春にかけての大事な作業だな」

「あれも結構な重労働ですよ」

とワイドさんもため息をついている。

「アーシェラも気を付けてね。貧民の草は毒があるの。——特徴はね、くるんと頭が丸まっているのよ」

「——くるん？」

「そう。先が二つから三つに分かれている植物よ。私たちは食べたことがないのだけど、貧しい人たちは食べるものがなくて口にするそうよ」

あれ？　王妃様の言っている特徴って、ある植物のものと酷似している。

毒のある植物。

春に生えるもので、先が三つに分かれて、くるん——

くるん、て。まさか。

「わらび？」

――のこと？

「へえ、よく知ってるね。ああ、そうだよ。どっちかっていうと『貧民の草』って通り名の方が有名だけど」

ワイドさんが頷く。

「とにかく生命力が強くて、徹底的に絶やしたと思っても、また次の年には生えてくる。困ったものだよ」

わらびは根を這わせて増えるはずだ。そして同じ場所に毎年芽を出す。

こっちの植生は基本、前世と似たような感じだ。

――それなら。こっちのわらびも上手く処理すれば食べられるはずだ!!

前世の母が山菜採りが好きで、わらび採りにもよく付き合ったものだ。

比較的に見つけやすく道路の脇の法面《のりめん》にもよく生えていた。

住んでいたのが田舎だったので車を走らせてわらびの群生地を探し、毎年わらび採りをするのが楽しみだった。

私はローズ母様がくれたローズピンクのポシェットの中に手を入れる。

そして、首にかけてある魔法鞄のチャームに思念を送ると、手に小さな小瓶が現れた。

あった。魔法鞄に入れておいて良かった。

これで毒消しが出来る。

「アーシェラ？　その小瓶はなあに？」

王妃様は私がポシェットから取り出した小瓶に興味津々のようだ。

うふふ、これはね。

私は小さなガラスの瓶を王妃様に見せながら、はっきり言った。

「――わらびのどくをけしゅ『こな』でしゅ」

さらり、と白い粉がガラスの瓶の中で踊る。

「「「ええ!?」」」

晴れた寒空の下で、みんなの声が重なった。

◇◇◇

「あい。――わらび、どこでしゅか？」

案内された場所にゆっくり歩いていく。足元がところどころ凍結しているのだ。慎重に慎重に。

おかげでペンギンのような歩き方になってしまった。

後ろで皆が笑いを堪えているのを気配で感じる。

「ああ。小さい頃のフィーネを思い出す」

「成長が遅いからよちよち歩きの期間が長かったんですよね。可愛かったなあ」

クリスウィン公爵とリュードベリー侯爵が懐かしそうに話している。

少し歩くと丘陵地についた。

なるほど、開《ひら》けたところにわらびが生えている。

うん。しゅっと生えて、先が三つに分かれて丸まった形状。

記憶にあった通りのわらびだ。

わ・ら・び〜〜!!

「しゅごい！　わらび、みぃつけた!!」

感動して大きな声で叫ぶと、さっそく足元にあったわらびに手を伸ばした。

根元に近いところからポキリと折り取る。

おう。まだ出始めだというのに立派な大きさだ。

美味しそう〜〜!!

まさかこっちでは、焼き払われていたとは。

もったいない〜〜!!

慣れた手付きで、しかもにこにこと楽しそうに、次々とわらびを採集していく私を見て、リンクさんが不思議そうに言った。

「アーシェ。わらびは毒があるんだぞ。トムさんで分かっているよな？」

ドクゼリのように少量で死に至るような強い毒性ではないが、わらびにも毒がある。

長年食べ続けていたら、トムさんのように内臓をやられてしまうだろう。

確かに前世でも発がん性物質があると言われていたのは知っている。

でも、その毒を消してしまえばいいのだ。

その方法はこれだ。

「あい。これ。じゅうそうがわらびのどく、をけし、ましゅ、」

私は重曹の入った瓶を、これ！　と前に出した。

うん。なんか〇戸黄門の印籠みたい。

「「え!?　本当に毒が消えるのか!?」」

「「重曹で？」」

「「それ、本当？」」

みんなの疑問の声が重なる。

「あい。どくをけしたわらび、おいちいよ？」

そう言うと、私は再度ぷちぷちと慣れた手つきでわらびを採集していった。

春と勘違いして芽を出した、わらびさん。

美味しく食べさせてもらおう。

「あしょこにも、ありゅ。あ、あっちにも！」

まばらだが、丘陵地のあちこちに結構あった。

「どれ。とりあえず採るか」

「そうね」

いつものようにリンクさんとローズ母様がさっと動き出すと、それに続いて他の皆も動き出した。

なんと、クリスウィン公爵親子まで。

しゃがんでプチプチと。

『毒って消えるの？』という疑問を顔に張り付けながら。

確かに『毒』っていうけど、食べすぎなければ大丈夫なはずだ。

毒抜《アク》きさえすれば美味しい食材なんだよ。

ぷちぷち、ぷちぷちと。

みんなで採集し続けた。


「……結構ありましたね……」

丘陵地から、大鍋いっぱいくらいのわらびが採れた。すごい。

これで生え始め。

全盛期はこの丘陵地いっぱいに生えるそうだ。

宝の山じゃないか！

「かえって、りょうりしゅる！」

ホクホクしながら言うと、

「でしたら、すぐそこの集会所使ってください!!」

そう申し出てくれたのはビートさんだ。

「そうだな。早くわらびの毒消しとやらを見てみたいしな」

クリスウィン公爵が了承したので、領民の皆さんが時折使用する集会所へと移動した。

すぐに鍋を用意してもらって、魔法ですぐに湯を沸かしてもらった。魔法はこういうところがすごい。

そこに瓶から少量重曹をふりいれ、少し冷ました後、採集したばかりのわらびを浸して自然に冷ます。

鍋は大きいものがなかったので、中くらいの鍋に半分だけわらびを投入して、数分経った頃。

「――っ!!　ちょっと、待って!!　毒がなくなったわ!!」

私の作業を興味津々で見ていた王妃様がすぐに声を上げた。

どうやらずっとわらびを鑑定し続けていたらしい。

「すごいわ！　わらびを浸けたお湯が少し茶色になったあたりから、すうって消えたの！」

あれ？　もう？　たしか三十分くらい重曹を溶かしたものに入れておかなくちゃいけないはずだけど？　まだ十分も経っていないよ？

やっぱり世界が違うと、ところどころ違うんだな、と思う。

「本当だな。鑑定しても毒がない」

リンクさんも、『鑑定』を持っているクリスウィン公爵やリュードベリー侯爵も驚いている。

「あと、みじゅをかえて、すこしまちゅとたべらりぇる」

綺麗な水に替えて、わらびをさらす。

前世では一晩水にさらした後に食べていた。採集直後なら一時間程度で良かったはずだが。

こっちの世界ではあく抜きにほとんど時間がかからないのだ。

水にさらした後、くるんとなった部分を切り落として捨てる。あそこは食感が悪いのだ。

そして、食べやすい長さである四センチメートル程度にカットする。

ここは公爵家ではない。大皿しかないので鍋の半分くらい盛り付けて、私の魔法鞄から出した調味料の瓶の中身をかけて完成だ。

「わらびのおひたしでしゅ」

ディークひいお祖父様やリンクさんをはじめ、ローズ母様や王妃様、クリスウィン公爵とリュードベリー侯爵は「そうなのか」と素直に受け止めている。

昨日『知識の引き出し』があるとみんなに知られたので、何だか気が楽だ。

フォークで細長いわらびを突き刺して食べる。

うん。ちゃんとアクは抜けている。きちんとアクが抜けると粘りが出てきて、それが美味しいのだ。

噛むと、ところどころツルッとした食感がして美味しい。

「あら。ツルッとしたところがいいわね」

「そうね。あんまり癖がないわ」

「シャキシャキして、いい食感だ」

「ほう。毒があると思って食したことはなかったが、なかなかいいな」

「重曹で毒が抜けていくのを見た時は驚愕しました」

「こんな簡単な方法で消えるとは考えもつかなかったな」

「何で重曹で毒が抜けるんだ？」

興味津々でみんなが聞いてくる。そんなに詳しくないけど。

アクは山菜が動物に食べられないよう自らを守るために持っているものだ。

その成分は細胞膜の中にあるので、水にさらしただけではなくならない。熱を加えることが必要だ。

お肉のアクは熱を加えれば出てくるし、ゴボウやジャガイモは切った後で水にさらすとアク抜きができる。

でも、山菜であるわらびやタケノコなどは、アク抜きには熱を加えることの他に、別のものを加えることが必要となるのだ。

タケノコには米ぬかや米のとぎ汁。

わらびには木灰《きばい》や、重曹だ。

繊維質の多いわらびは重曹や木灰が持つアルカリ性の性質で柔らかくなり、アクが抜けやすくなるのだ。

「んーと。おやしゃい、ゆでてあくぬきしゅる」

「ほうれん草とかそうよね。茹でないとちょっと苦いもの」

ローズ母様がそうそう、と頷く。

「わらびは、どくをぬくのに、もうひとちゅ、ひちゅよう」

「「それが、重曹か」」

ひいお祖父様とリンクさんがゆっくりと頷く。

「あい。じゅうそう、おまめ、にりゅときいれりゅと、おまめやわらかくにゃる」

「そうですね」

食品を加工して販売しているワイドさんが大きく頷く。

「わらび、しょのままだとかたい。じゅうそうで、かたいわらびをやわらかくしゅると、なかのどく《アク》がぬけりゅ」

「「なるほど」」

クリスウィン公爵とリュードベリー侯爵が同時に頷いた。

「貧民の草は、今までそのまま煮て食べていたそうですよ」

ビートさんが言う。

「薬草の授業で実験したことがあります。煮ただけではわらびの毒は消えません」

ワイドさんが言うと、ビートさん以外の魔法学院卒業生である全員が「そうだ」と頷いた。

生のものと、加熱したものに『鑑定』をしてみたところ、毒性は変わらなかったのだという。

ゆえに食べてはいけない毒草として授業で教えられたそうだ。

——そうなんだ。そこに重曹か木灰を入れたら結果が変わっただろうに。

「なるほどな。何となく原理は分かった」

ひいお祖父様が拳を顎に当てて頷いている。

「では、重曹を用いれば『毒のある貧民の草』を『食材のわらび』にすることが可能になるのか」

「そういうことでしょう」

ディークひいお祖父様の言葉にクリスウィン公爵が頷くと、リュードベリー侯爵が、

「では、重曹を配布しましょうか？」

というと、クリスウィン公爵が首を横に振った。

「いや、今でも安価に買えるものだ。有効性を伝えて購入させた方が良かろう」

「その前に、食用と別用途のものがあります。きちんと使い分けしてもらわなければなりません」

二つのものがあります、とワイドさんが告げる。

そういえばそうだった。そこはちゃんと使い分けが必要だ。

――それならば。

もう一つ、方法がある。

「んーと。きのはいでも、どくきえりゅよ？」

私の一言に、魔法学院出身者全員が薬草学を思い出したようだ。

「!!　確かに毒消しに灰や炭を削って飲むというのもあったな」

ひいお祖父様の言葉にクリスウィン公爵とリュードベリー侯爵が頷く。

「「そうですね」」

灰ならば誰でも簡単に手に入る。家の暖炉にいつもあるものなのだから。

「――これはなかなか興味深いな」

クリスウィン公爵が面白そうに笑う。

「そうですね。今まで厄介者だったわらびが単なる食べられる植物に見えてきましたよ」

ワイドさんもビートさんもうんうんと頷いている。

「木の灰でもやってみましょう！　――少しお待ちください！」

ビートさんがそう言うと、すぐ側にあった暖炉の灰を小さい入れ物に入れて持ってきた。

まだアク抜きをしていなかったわらびを鍋に入れて、暖炉の灰を一摑み分振りかけ、そこにお湯をかける。

すると、暖炉の灰でも重曹の時と同じようにアクを抜くことに成功した。

「こんな身近にあるもので、毒を抜くことができるなんてすごいです!!」

自ら鑑定したワイドさんが、灰でアク抜きをしたわらびを食べて感動している。

「でも、わらびは今まで毒のある植物だと思ってきたから、皆食べるのは抵抗があるだろうな」

リンクさんの心配はもっともだ。

「それはそうだな。わらびの毒性を知らぬ者はいない。受け入れるには少し時間がかかるだろうな」

ひいお祖父様も難しそうな顔をしている。

確かに。今までの固定観念を覆すには時間がかかると思う。

私は前世の記憶のおかげで、アク抜きすれば安全に食べられるということを知っているけれど、こちらの世界では『貧民が食べる毒草』として定着している。その認識をどうやって崩すかが肝心だ。

「でも、こうやって食べると、わらびって美味しいものですね。この少し粘りがあるのがまた良いです。――食べられるということを皆にも分かってもらいたいですが……それでも、皆の疑念を晴らすには低くはない壁がありますね」

そういうワイドさんの言葉に、

「私は、ちゃんと毒抜きすれば食べられることを、広く周知したいです」

と、農民の取りまとめをしているビートさんが、真剣な表情で言った。

「――私たちクリスウィン公爵領に住む民は、公爵様方のおかげで飢えずに食べていけておりますが、このところ、難民の流入が増えております。教会に受け入れてはいるものの、たぶんこれからも増えていくでしょう。それとともに食料支援の必要性も、もっともっと増えていきます。――わらびはこれまで厄介者でした。ものすごく増えるし、除草作業だって一苦労でした。ですが、これが食料になるなら、これ以上はない良いことです。春にはここら一帯がわらびだらけになるのですから」

「確かにな。毎年、土魔法で根を切って全滅させてきたが、皆に春の恵みとして認識されれば、その労力はもう必要ないということだな」

どうしても貧しい者というのはいる。

多少苦くても毒があっても、飢えから逃れられるなら、と貧民の草に手を出す人はいたそうだ。

それは他国からの移民に多く、彼らはその毒素が溜まって病気になり、命を落としてきた。

新天地を求めて移住してきたのに、溜まった毒素のために多くの大人が早くに亡くなり、親を亡くした子供が残される、という悲しいことがこれまでもたびたび起きていたのだ。

ゆえに、それを防ぐために、アースクリス国では国を挙げてわらびの撲滅をしてきていたという。

——なんと。そんなことがあったなんて。

「——逆にもったいないことをしてたんだよな」

リンクさんのその言葉に、思いっきり頷いた。

「わらび、どくぬくとたべりゃれる。すてりゅのもったいない」

それに、丘陵地に生えていた棘のある木は、タラの木だ。

あれは新芽を天ぷらにすると美味しいのだ。

毎年、ここら辺の植物は土魔法で根を切り、そして火の魔法で焼き払っていたそうだ。

なんてもったいない。

それはバーティア領でも同じだったようだ。

だから、わらびもタラの芽も見当たらなかったのか。納得。

それに、ここら一帯がわらびでいっぱいになるなら、いっぱい採って保存食にすればいい。

「んーと。いっぱいのおしおで、わらびをつけると、おしおでどくがぬける」

これは前世の自宅での保存方法だった。

きっちりと塩漬けすると、何年も保ったものだ。

生の状態で塩に漬ける。そして食べる前に何度も水を変えて塩抜きすると、アクも抜ける。

その後で煮たり炒めたりして、加熱して食べると美味しい。

「へえ、そうなのか?」

リンクさんが面白そうに聞いてきた。

「あい。しょれに、おしおいっぱいだと、くさらない」

「そうか、保存できるということだな」

「あい」

その通りだ。

「やってみよう。毒さえ抜ければ立派な保存食になるぞ」

ひいお祖父様の言葉に、みんなが頷いている。

「――わらびの件については、王家の名で周知しますわ」

「フィーネ?」

王妃様の言葉に、クリスウィン公爵とリュードベリー侯爵が反応した。

「王妃様?」

ディークひいお祖父様やリンクさんも同様だ。

「私がこの目で確認したことですもの。毒が抜けるのも見たし。食べて美味しかったことも確認済みよ」

にっこりと微笑んで王妃様が続ける。

「どの方法も、王宮できちんと鑑定しましょう。毒を抜く方法や手順、毒が抜ける時の過程を時系列で検証し、安全性を確認した上で、広く周知することにしましょう。どこの領地にも生えているのだから、わらびの駆除作業から解放されるし、毒がなくなって食べることができると知ったら驚くわよ。それに王家の名で全国に通知したら皆も安心するのではなくて？」

しっかりとわらびを堪能した王妃様がにこやかにそう話すと、リュードベリー侯爵がそっくりな笑顔で頷いた。

「では、その検証は私が責任を持って行います。検証結果はまとめて陛下に提出します」

「お願いしますわ。お兄様」

確かに。王家の方や公爵様たちは、この国で一番影響力がある方たちだ。

今までの常識を覆す人物としてこれ以上の方はいないだろう。

「うむ。しばらくは鑑定持ちが忙しくなるな」

「確かに」

ひいお祖父様とリンクさんが微笑を浮かべた。

「――何だか面白くなってきたな」

リュードベリー侯爵も笑い、わらびのお浸しの皿を見た。

すでにわらびは完食済みで、残っているのはお浸しの調味料だけだ。

「ところで、このわらびにかかっていたのは醤油なのか？　醤油より色が薄いと思ったのだが」

「そうね。それに少し甘味を感じたわ」

リュードベリー侯爵と王妃様はわらびのお浸しにかかっている調味料がいつもの醬油ではないと気が付いたようだ。

「おだしとしょうゆと、みりんとおしゃけ入れてちゅくった」

そう。わらびには自家製のめんつゆをかけてお浸しにしたのだ。

ホークさんからのおみやげで味醂が手に入ったので、めんつゆを作りおきしていた。あれは万能調味料なので、商会の家で作って瓶に詰め魔法鞄に入れていたのだ。

醬油をただかけるより、旨味を足しためんつゆの方が断然美味しい。

「美味しかったわ。――ねえ、アーシェラ。これのレシピをうちの料理人にも教えてくれないかしら。同じ味をこれからも食べたいのよ」

「あい」

「たいりくの、みりんとおしゃけ、ありゅ？」

「もちろんだ。味醂は妻が好きでな。私は大陸の酒の方が好きだが、どれも切らさぬようにしているよ」

そうクリスウィン公爵が答えた。

良かった。私の料理はほとんどの場合、味醂とお酒を使うのだ。

特に日本酒と同じ味がする大陸の酒は、料理に深みを出す欠かせない調味料だ。

蒸し料理でも煮物にでも本当にものすごく使う。

そして、酢の物にも。お酒を少量煮切ってアルコールを飛ばして冷ましたものを酢の物に入れると、酢の角が取れて、さらにはお酒でコクが出て美味しくなるのだ。

あ。酢の物で思い出した。――そういえば。

「んーと。きくのはな、どくけしゅから、わらび、こわいひとは、いっちょにたべりゅといいかも」

菊の花には解毒作用があるから、万が一アク抜きが失敗したものを口にしても菊の花の解毒作用で相殺されるのではないだろうか。

それに、トムさんの時などは過去の毒の積み重ねまでも消したのだ。効果がないはずはない。

「それはいいな。確かにトムさんは貧民の草による中毒が菊の花で消えていたからな」

「そうなのですか？」

リユードベリー侯爵が聞いてきたため、ひいお祖父様とリンクさんが、数日前に行った女神様の菊の花が咲く教会の話をした。

ここでは話せない闇の魔術師の話を伏せて、ジェンド国から移住してきたトムさんの話だけをすると、

「菊の花の効能はすごいものですね」

とクリスウィン公爵親子やワイドさんにビートさん、そして集会所の中にいたお付きの人たちも驚きを隠せないでいた。

「クリスウィン公爵領でも菊の花畑が何か所か出来ました。菊の花の解毒作用があれば安心し

て皆に周知できますね」

　リュードベリー侯爵が王妃様そっくりの笑顔で笑った。

「本当に面白いですね。話には聞いていたけれど、アーシェラちゃんといるといろんな発見ができますね」

「本当だな」

　クリスウィン公爵も笑っている。

「ひいおじいしゃま。あーちぇ、ばーてぃあの、わらびみたい！」

「ああ。来月あたりに生え始めるだろう。楽しみだな」

「あい！」

「──不思議なものだな。貧民の草は防除が大変で今まで憂鬱なことでもあったが、こうやって楽しみに変わるとはな」

　ひいお祖父様がそう言って笑う。

「「「ほんとうに」」」

　その場にいた全員が『楽しみになりました』と笑顔で頷いた。


　でもね。わらびだけじゃないんだよ。

　わらびの他に、タラの木だってあるのだ。

　たぶん、こっちの世界で今まで見つけることができなかったものが、もっと見つかるかもしれない。

ふふふ。――春が来るのがものすごく楽しみだ。

11　とろとろとろろ（トマス視点）

「お祖父様！　お父様！　ひどいです!!　僕たちだって、わらび食べたかったです〜!!」

クリスウィン公爵家では、アルとアレンの嘆きの声がこだましていた。

私たちが田んぼ予定地から戻ってきた玄関先で、王都別邸から領地の本邸に戻ってきていたアルとアレンが出迎えてくれた。

そして、実体で改めてご挨拶した。

アルとアレンは誘拐事件の後、軟禁されていたホテルに近い、王都の別邸にて療養していた。

数日休んで元気になったそうだけど、入れ替わるようにお母様であるリュードベリー侯爵夫人と、お祖母様であるクリスウィン公爵夫人が、誘拐事件の心労がたたってダウンしてしまったとのことだ。

今日のアルの誕生会には少しでも出たいとのことだったけど、無理はしないでほしいな。

「す、すまない。集まった民たちに披露したらすべてなくなってしまったのだ」

「う、うむ、みんな毒がなくなったのを喜んで食べていてな。そうしたらいつの間にか全部なくなっていたのだよ」

リュードベリー侯爵とクリスウィン公爵がタジタジと言い訳をする。

「そんな～！」

アルとアレンが悲痛な声を上げた。

先ほど会うなり、クリスウィン公爵とリュードベリー侯爵が意気揚々とわらびの話をしたので、アルとアレンは期待度マックスになったのだけど、実は大鍋いっぱいあったはずのわらびは、集まっていた住民たちに説明の上で試食させていたら、すべて彼らのお腹に収まってしまったのだ。

しかも、今は時期外れ。生えていたわらびはほとんど採り尽くした。

さっきと同じ場所だと、もう少し暖かくなってからでなくては採れないだろう。

「他に生えているところを探すから機嫌を直してくれ」

「そうそう。国中に通知するのにわらびが必要だからね」

わらびの群生地は他にもあるので、クリスウィン公爵は、すぐに生えているものの採集を命じていた。

たぶん先日の暖かさで同じようにわらびが生えているだろうと。

そこで採集したわらびを王宮に持ち込んで、灰や重曹で毒が抜けて食用になるということを検証していくのだそうだ。

「「約束ですよ!!」」

――そんな会話がされているのは、実は公爵家の従業員用の食堂だった。

アルの誕生日だということで、近くの領民からプレゼントが届いていたのだ。

なぜ食堂かというと、貴族からのプレゼントとは違い、領民からのものはもっぱら食材だからだ。

食材は公爵家にもたくさんあるけれど、昔から領主家族の誕生日にはこうして贈り物が届くのだそうだ。クリスウィン公爵家の皆さんが領民に慕われているのがよく分かる。

とは言っても、今は冬。

保存のきく根菜類や、卵、捌《さば》いた肉が多いようだ。

見れば鑑定済みの食材がテーブルに山と積まれていた。

「さあ。これから色々お作りしますね」

そう言うのは、クリスウィン公爵家の料理長ストーンズさんだ。

どうやら、領民の皆さんから贈られた食材を使って何品か作るみたいだ。

「いつもの料理もご用意しておりますが、領民の皆さんからの心づくしですので、こちらの食材でも何品かお作りしますよ」

「じゃあ！　このジャガイモで、フライドポテト作って！　あれすごく美味しかった!!」

「いっぱい食べたい!!　それと、アメリカンドッグもね!!」

アルとアレンはフライドポテトがお気に入りだ。

私たちが出かけてすぐに、アルとアレン、リューードベリー侯爵夫人とクリスウィン公爵夫人が戻ってきたそうで、ご婦人方はすぐに部屋で休養し、アルとアレンは元気いっぱいにおみやげのフライドポテトやアメリカンドッグ、ドーナツをほおばっていたそうだ。

「はい。美味しいですよね。たくさんお作りします」

茶髪と茶色の瞳のストーンズ料理長が言うと、他の料理人たちが準備を始めた。

「卵や鶏肉がたくさんあります。デザートに卵を使ったプリンをお作りしますね」

黒髪灰色の目のブロン副料理長が、アルとアレンの好物であるプリンを作ることを提案すると、二人は満面の笑みで頷いた。

「あとすぐに作れるのはオムレツくらいですが」

ストーンズ料理長が言う。パーティーの時間までに即席で作れる品数は多くない。

でも、それって、いつもの朝食みたいだよね。

今日はアルの誕生日なんだから、普通のオムレツはどうかと思うよ？　料理長。変わり種を用意した方がいいと思うけど。

「――それなら、オムライスにするのはどうかしら？」

そう思っていたら、ローズ母様が口を挟んだ。

「オムライス？　ローズ、それはなあに？」

王妃様が興味津々でローズ母様に問いかけた。

「アーシェがアメリカンドッグやフライドポテトを作った時に、トマトケチャップを使って作ったお米の料理なの。トマト色のライスの上にとろとろのオムレツをのせて。それがとっても美味しかったのよ」

「まあ！　それはいいわね！」

「トマトケチャップはたくさん作っておきましたので、レシピを教えていただければと存じます」

「もちろんよ。ところで、白いご飯はあるのかしら？」

ローズ母様が用意してきたエプロンを身に着けながらストーンズ料理長に答えた。

他の家で料理をするのが定番になってきているので、準備をしてきたようだ。

あれ？　でもここではお客様で、料理はしないはずだったんだけどな。

「はい。炊き込みご飯はもちろん、白いご飯もたくさんご用意しております」

ローズ母様が厨房に行った後、視線をテーブルに戻すと、従業員用の大きいテーブルいっぱいに、卵が大量に置かれていた。

「しばらくは卵を購入しなくていいかもしれない」とストーンズ料理長が言っていた。

それなら、卵料理づくしにしようかな。簡単に出来るし。

「たまご、ちゅかっていいでしゅか？」

「もちろんよ。たくさん使ってちょうだい」

王妃様の許可が出たので、浄化魔法をかけて綺麗にされた卵を目一杯使わせてもらおう。

こちらの世界では、固ゆで卵や、しっかり焼いたオムレツ、そして目玉焼きが主流だ。

基本的に全部に火を通すので、パサパサ感が否めない。

タルタルソースやプリンにも使われるけど、滑らかさによる楽しみはそこで打ち止めだ。

まずは簡単に半熟卵を作ろう。

水を入れた鍋が沸騰するまでの間に、卵のお尻――つまり丸い方をテーブルでコンコンと叩いて、軽くひびを入れておく。

「え？　そんなことしたら中身が出ちゃいます——あれ？　出ませんね」

プリンの仕込みを終えたブロン副料理長が驚いている。

茹でた卵は殻を剝くのが結構面倒なのだ。

前世で卵のお尻に針で穴をあけると殻が剝きやすいというのを聞いて実践していたけど、お尻の部分にひびを入れるともっともっと剝きやすいということを知ってからはずっとこの方法だ。

「ここに、からと、たまごのまくのあいだにすきまがありゅから、だいじょぶ。ここにちょっとひびいれりゅと、からがむきやしゅい」

「そうだな」

卵のお尻を指しながら言うと、商会の家で一緒に調理したことのあるリンクさんが同意する。

「誰か時間計ってくれ。卵を入れたら六分でお湯から出すから」

「は、はい」

「六分に意味があるのですか？」

「後のお楽しみだ」

リンクさんがニヤリと笑う。

ゆで時間六分は私とリンクさんの好きな半熟具合になる時間だ。中がトロリ、黄色が鮮やかで、黄身の濃厚な旨味を感じられるのだ。

六分後、茹で上がった卵を冷たい水で冷やし、殻を剝く。

「ほんとだ。からがすごく剝きやすい」

「丸い方にくぼみがあって、確かに膜がありますね。この膜のおかげで中身が出なかったんですね」

「それに真ん中が柔らかく感じますね」

手の空いている料理人さんたちに殻剝きをしてもらう。

たくさん卵があったから、たくさん仕込むつもりだ。

「ひびからみじゅがはいって、からがむきやしゅくなって、らく」

「「そうですね」」

「さっきちゅくった、だしのはいったつゆをかけてちゅけておく」

即席でめんつゆを作っていたので、適度に薄めて半熟卵を漬けていく。

このまま時間を置けば、簡単で美味しい味付け卵が完成する。

「仕込みはこれで終わりだ。一晩置けばしっかり味が馴染むが、一時間くらいでも美味いぞ」

「分かりました」

「パーティーは三時間後ですが」

「いい頃合いだろうな。余ったら翌日にも食べてみるといい。味が染みてさらに美味い」

それからリンクさんが配膳の際の食器の指示をした。

夕食時には美味しい半熟卵が堪能できそうだ。

「ちゅぎ、これ」

卵を大量に持ってきてもらう際に、テーブルの端に置かれていたものも持ってきてもらっていた。

長くて細い芋。

長芋のように太くはないので、山芋なのだろう。

こっちの世界で初めて見たので、さっき見た時には驚いた。

こっちにもあったんだ!!

それなら、絶対に食べたい料理がある!!

◇◇◇

「山芋ですね。焼きますか？　蒸しますか？」

当然のように料理人さんたちが蒸し器やフライパンを用意し始めた。

手際がいいけど、それは使わないよ。

「すりおろちてくだしゃい」

「？　すりおろしてから加熱調理するのですか？」

ブロン副料理長が怪訝な表情をしている。

どうやら山芋は丸ごと加熱調理が基本らしい。

「ふらいぱんもむしきもいらにゃい。すりおろちて、そのままたべりゅ」

「「はいい？」」

「生で芋類を食べると、お腹を壊しますよ？」

確かに。生のジャガイモはデンプン質を消化するのに時間がかかって、たくさん食べるとお腹を壊す。

「やまいもは、なまでだいじょぶ。おいちい」

消化しにくいデンプン質がジャガイモより少ないし、消化酵素のジアスターゼが入っているので生で食べても問題はないのだ。

イモ類で生で食べられるものは山芋の類いだけだ。こちらの世界にはもっとあるかもしれないけど。

「心配なら治癒魔法をかけてやる」

クリスウィン公爵が厨房の外から声をかけた。

私たちが厨房に入ってからずっと、クリスウィン公爵やリュードベリー侯爵、王妃様は厨房を見渡せる場所に立って見ていたのだ。

「そうね。でも、アーシェラが生で食べられると言うのだから、お腹を壊す心配はないのよね？」

「あい。おなかこわさにゃい」

王妃様の言葉にこくこくと頭を縦に振った。

「なら、大丈夫だ。作業を続けなさい」

リュードベリー侯爵が促してくれたので、ブロン副料理長は怪訝そうにしながらも、おろし器を用意した。

料理人さんたちが言うように加熱調理しても美味しく食べられるが、山芋や長芋はすりおろしたものの方が私にとって馴染み深いし、好きなのだ。

「……初めてすりおろしましたが――粘りが出るんですね」

すりおろしてもらった山芋は、前世のもっちりした山芋と水分の多い長芋の中間ぐらいの粘り具合だった。

ああ。もうすでに美味しそうだ。

「このねばりがおいちい」

期待にわくわくしながら言うと、ブロン副料理長がもう一本の山芋を手に取り、これは奥さんの実家の農家で育てられたのだと教えてくれた。

「山芋は滅多に採れない珍しい食材です。滋養もあり、薬としても優れているということで、昨年初めて畑栽培を試みましたが、掘るのが本当に大変で。――掘り出すのに何時間もかかるのです。だから一年限りで畑での栽培を諦めようかと家族で話していたんです。だから、この山芋を農作物として贈るのは今年限りとなりますね」

とブロン副料理長が続けた。

そうなんだ、残念。

収穫が思った以上に重労働だったので、娘婿のブロン副料理長も収穫期には朝早くから起きて、大人が縦にすっぽり埋まるくらいの穴を掘って収穫を手伝ったのだそうだ。

おかげでしばらくは筋肉痛で大変でした、と苦笑していた。

「しゅごい、たいへん」

「はい。薬にもなるからと薬師《くすし》からも頼まれたので、試行錯誤して何とか増やそうと区画を分けて、色々試してみました。――そして、たくさん育ってくれたのはいいのですが、大部分がこうやって捻じれたり、途中で折れたりして、収穫がままならなかったのです」

確かに。山芋は『山のうなぎ』と称されるほど栄養価が高く、食物繊維もあり大腸がんや動脈硬化の予防、糖尿病の予防にも効果がある。山芋を乾燥させた漢方もあるくらいだ。増やす価値は十分にある。

「あ。そういえば『生の山芋を乾燥させて薬にする』のだと、薬の材料として買い付けに来た薬師に聞いたことがあります。――なるほど、生で食べても大丈夫なことが分かりました」

おお。説得力のあることを思い出してくれてありがとう、ブロン副料理長。

その言葉を聞いた料理人さんたちみんなが、ものすごくほっとした表情になったよ。

でも、薬師の言葉を聞いていても、山芋を生食してみようと思わなかったのは、長年の固定観念みたいなものなんだろうなあ。

この山芋はブロン副料理長も参加して掘り出したものだけれど、それでもほとんどは途中で折れてしまったらしく、さっき話をしながら悔しそうにしていた。

あれ？　一本だと思っていた山芋は、途中で折れたものだったのか。

折れていても十分に長い。折れた状態で一メートルはある。折れないままの山芋はいったいどんなに長かったんだろう。

細くて長いものを形そのままに掘り起こすのは、相当な重労働だし、神経も使う。

石とかの障害物があるとそれを避けて育つから捻じれるし、掘るのも本当に大変だろうな。

前世のように農業機械が発達しているところと違って、こっちはもっぱら人力なんだし。

まだ三十歳だという若いブロン副料理長が収穫作業で体力の限界を訴えるのだから、作物として栽培するのは大変だろう。

——それなら。

あの方法でいけるのではないだろうか。

「ながいつつをつちにうめるとまっしゅぐそだちゅよ？」

「えっ……筒？」

たしかそうだったはずだ。

種芋を横に植えて、発芽した芽から出た根を筒の先に立てた棒に伝わせ、埋めてある土の入った筒へと導く。導くことに成功すればところどころ穴を開けた筒の中で真っ直ぐに育つ。

石などの障害物の心配もなく、また割れや、捻じれも防げるのだ。

「つつは、たてじゃなく、よこにしゅる」

手で角度を示す。たしか自然薯《じねんじょ》の栽培方法では十五度だった。

縦に何メートルも掘らなくてもよく、横にすれば数十センチ掘るだけで収穫できる。

育てやすくて収穫もしやすい。

そう説明していくと、ブロン副料理長が灰色の目を見開いて固まった。

「っっ!!」

「へええ。確かにそれならラクに収穫できるな」

リンクさんが、なるほど、と頷いている。

「確かに上手くいけば真っ直ぐ育つし、捻じれもしない。収穫もこれまでの何分の一かの労力で済むだろうな」

ひいお祖父様も、ふむ、と頷く。

「なるほど。筒を使うとは興味深いな」

「山芋の生態も初めて知りましたね」

クリスウィン公爵とリュードベリー侯爵も興味深そうにしていた。

ここにいるほとんどの人は、山芋の収穫にそんなに労力がかかっていたとは、と驚いていた。

自然に生える山芋は細く長く地中深く育つのだ。

そして収穫自体が困難で、収穫量も極端に少ない。

大抵が薬師に薬の材料として高額で引き取られて、後はたまに貴重な食材として貴族の食卓に上がるくらいなのだそうだ。

平民にも行きわたるように効率よく増やすなら筒の他に、波板栽培という方法もある。だが波板を作り上げるのにはたぶん時間がかかる。

鍛冶屋さんがあるなら波板も出来るかな？　まあそれは追い追いでいいだろう。

言葉をなくしていたブロン副料理長が口を開く。

「……その方法は考えもつきませんでした。筒を使うのも、棒を立てて筒に根を導くのも、確かにいい方法だと思います。深く穴を掘らなくても収穫できるのであれば義父《ちち》も義兄《あに》も楽になるでしょうし――あの。その方法で栽培を試してみてもいいでしょうか？」

「あい。どうじょ」

成功したら、山芋がたくさん収穫できる。

そしたら、バーティアの商会に仕入れてもらうこともできるかもしれない。

そんな会話をしながら、すりおろした貴重な山芋に、茶碗蒸し用に調味してあった出汁を入れる。

汁が冷めていたのでちょうどいい。

具材の人参やしいたけも一緒にして混ぜ合わせ、そこに細かく刻んだネギを入れて。

「やまいものとろろ、かんしぇい！」

私にとって、昔懐かしい山芋のとろろだ。

すでに茶碗蒸し用のお出汁があったので即席で出来た。

とろろもいいお味になったので、

「しろいごはんに、かけてたべりゅから、ふかめのうちゅわで」

とブロン副料理長に夕食用に配膳する際の指示をする。すると、

「ねえ！　それ！　試食したい！」

「ぼくも！」

椅子に立って厨房を覗き込んでいたアルとアレンが、瞳をキラキラさせて訴えてきた。

もちろん、彼らにとって初めての料理だ。王妃様をはじめとしたクリスウィン公爵やリュードべ

リー侯爵も、その訴えに同意していた。

生食での山芋料理は初めてなので、リンクさんや料理人さんたちからも『試食したい！』というオーラがにじみ出ている。

うーん。まあ、いいか。

私もとろろご飯は早く食べたいしね。


「ごはん、ふかめのおさらによそって、やまいものとろろをかけりゅ」

『とろろ』は『とろとろ』という意味なので、山芋をお出汁でといた、『山芋のとろろ』という料理名はすんなりと受け入れられた。

従業員用の食堂に戻って、白いご飯に出汁でのばした山芋のとろろを目の前でかける。

よそっているところをわざと見せたのは、先日、バーティア家別邸で白いご飯にトマトケチャップを投入したケチャップライスを作った時に、料理人さんたちがドン引きしたのを見たので、ご飯には美味しく食べるバリエーションがいくつもあるのだと知ってほしかったからだ。

でも、クリスウィン公爵家の皆さんはとろろがご飯にかけられても平然としていた。

それどころか、『早く食べたい！』とワンコのように五対の琥珀色の瞳をキラキラさせている。

ふむ、どうやら杞憂だったようだ。

でも、待ってね。皆に行きわたってから。

よし、料理人さんたち全員にも配膳されたね。――では。

「いただきましゅ」

「「「いただきます!!」」」

山芋のとろろご飯は、お出汁の美味しさと、とろろの喉越しが絶妙だ。

「おいちい」

ああ、懐かしい味～～!!

前世では親戚に農家さんがいたので、ジャガイモやニンジン、そして秋が深くなった頃には、長芋を持ってきてくれたものだ。

長芋を貰うと、真っ先に作る料理が、このとろろご飯だった。

「「これ、美味しい～!!」」

アルとアレンが声を揃えた。

「うむ。出汁が染みていていい味だ」

「つるつるして喉越しがいいな」

「食べ物なのに、飲み物みたいに、するすると入っていくわ！」

王妃様、飲み物って。まあ、確かに喉越しが良く、するする喉を通っていくけどね。

前世では一杯じゃ足りず、何杯もおかわりしたなあ、と思い出した。

山芋ってダイエットに効果的だったはずなのに、ご飯をおかわりしたら意味がないよね。

「山芋が生で食べられるとは。しかも美味い」

「確かに。時折来るネギのピリッと感がまたいいな」

ひいお祖父様やリンクさんも気に入ったようだ。

ローズ母様もにっこりと微笑んでいる。

「「生食には驚きました」」

「「美味しいです!!」」

料理人さんたちもしっかりと試食に参加した。

これから作るためには味を覚えなければならないのだ。まあ、当然だろう。

アルとアレンがおかわりをねだったけど、一本の山芋で出来る量はそう多くないし、それに料理人を含めた人数で食べたのですでになくなっていた。

「「おかわりしたい〜!!」」

「晩餐の際にお出しいたしますので、お待ちくださいませ」

とろろご飯は簡単なのでもう一度作るにも負担はかからないだろう。

さて、貴重な山芋だけど、短めのものを使ってアレを作ろう。

◇◇◇

もう一本、別にすりおろした短めの山芋は、小麦粉に卵、出汁を混ぜたものに入れ、細切りしたキャベツをざっくりと混ぜて、両面をじっくりと焼いてもらった。

豚バラの薄切りものせて。

そこにソースとマヨネーズ、出来たばかりのトマトケチャップをたっぷりかけて。

お好み焼き用のソースはないけれど、この三種類のソースをかけるだけでも十分に美味しい。

ここに青のりとかつお節があれば良かったが、ないものは仕方ない。

なんちゃってお好み焼きだ。

試食用だけど、さすがに公爵一家の皆さんと大きめのお好み焼き一枚を料理人さんたちも含めて全員でカットシェアするのはどうかと思ったので、小さめの丸形にしてたくさんの枚数を焼いて、一枚ずつ配膳してもらった。

みんなで「いただきます」をして一口。

――ああ。この濃厚なソースが美味しい。

お好み焼きにかけたソースは、前世でのとんかつソースと同じ味がした。

厨房の調味料のラインナップを見た時に、ソースの種類が、ソース、中濃ソース、濃厚ソースと分かれていたので、味見をさせてもらったら、濃厚ソースが、前世でのとんかつソースと同じだったのだ！

私はソースの種類の中で、とんかつソースをよく使っていた。

中濃ソースもいいけれど、材料に果実を多く使っているとんかつソースはトロリとした口当たりで、どことなく甘味があるところが好みだったので、購入する時はとんかつソースばかり選んでいたものだ。

そんな前世のとんかつソースそっくりの濃厚ソースはクリスウィン公爵領にある工房で作ってい

るそうで、リンクさんに仕入れてもらう約束をした。

いい発見をした。

この濃厚ソースは揚げ物に合うのだ。

そして、このお好み焼きにも。

「「うわあ！　何これ！　美味しい!!」」

アルとアレンがお好み焼きを食べて、声を揃えた。

王妃様とクリスウィン公爵とリュードベリー侯爵は、うんうんと頷きながら無言で食べ進め、すでに二枚目をおかわりしている。

食べる所作は優雅だけれど、そのスピードはものすごく速い。

うーん。お好み焼きをナイフとフォークで食べているのを見る日が来るとは。何だか不思議だ。

「へえ。この三つのソース、混ぜ合わせても美味いな」

そう言いながら、リンクさんが濃厚ソースとケチャップを追いがけしている。

濃厚ソースとケチャップとマヨネーズ。

前世の我が家では、これがお好み焼きをする時の定番だった。

スーパーでお好み焼き用のソースを買うこともあったけれど、この三種類は前世の母がお好み焼きをする時の味付けに使っていて、それで十分美味しかったのだ。

それにお好みでケチャップやマヨネーズを足したりと、自分好みに味を調整できる。

「ふんわりとして口当たりがいいわね」

「とろろいれりゅと、かたくならにゃい」

とろろは焼いても固まらないのだ。とはいえ入れすぎるとお好み焼きをひっくり返すのが大変になる。適度に入れるのがコツだ。

うん。記憶通りの味に出来た。美味しい。

「うむ。なるほどな。野菜も柔らかくて美味いな」

「ええ。キャベツが甘く感じられますわね」

ローズ母様もひいお祖父様もお好み焼きを気に入ったようだ。

そう、キャベツは加熱すると甘くなる。

生でキャベツを食べた時に感じる辛み成分は、加熱すると甘味の強い成分に変化して、お好み焼きを美味しくする。

マヨネーズやケチャップを絞り出す柔らかいボトルがないので、皆スプーンで思い思いにかけていた。

マヨネーズについては三本線が描けるボトルが欲しいものだ。あれで茶色い見た目が華やかになるのになあ。

見た目にこだわりたかったので、ソース、ケチャップを順番にのせた後、マヨネーズで線を頑張って描いてみた。

「マヨネーズがかかるとキレイですね」

「見た目も大事ですね。茶色のソースと、赤いケチャップをかけた時は全体的に暗い色でちょっと引きましたが、マヨネーズで線を描くと華やかになって、食欲が湧きます」

「でも結局、食べる時は混ぜ合わせてしまいますね」

「三種類のソースは混ぜるとびっくりな見た目になりますが、旨味も混ざり合いますから美味しいですね」

ストーンズ料理長がふむふむ、と頷いている。

「山芋、まさかのすりおろし。今まで丸ごと加熱する料理しかしてきませんでした」

「山芋すりおろして入れると固くならないんですよね？　でも山芋って、なかなか手に入らないんですよね～……」

と、料理人さんたちが言ったので、補足する。

「やまいもいれるとふわっとちておいちい。でも、やまいもなくてもおいちいよ？」

秋冬は親戚から長芋を貰うので入れることもあったが、前世の我が家では入れないのが定番だったので、入れなくても美味しいのは保証する。

それに卵も生地を滑らかにするし。

「では、山芋無しで作ってみますね!!」

そう言うと、料理人さんたちはお好み焼きを作りにまた厨房へと戻って行った。

すぐに作って食べてみるのは料理人の習性なんだろうか。どこぞのバーティア邸やデイン辺境伯邸でも同じ光景を見たなあ。

試食用に少しだけかと思いきや、また大量のお好み焼きがテーブルに載った。

もちろん、全員が山芋無しのお好み焼きを所望して食べている。こんなに食べたら、夕飯入らないよ？

「本当だ。少し違いますね」

「山芋入れるとふわっとするんですね」

「これはこれで十分美味しいです」

「のこったおやしゃい。にんじんのかわとか、かたいきゃべつのしんとか、こまかくちていれてもいい」

これは前世、家で『始末の料理』としてよくやったものだった。

米や野菜を育てた経験を持つと、育つまでの農家の苦労が身に染みつく。

だからこそ最後まで大事に食べようと思って料理してきた。

それにニンジンの皮の部分には栄養がいっぱいあるしね。

「なるほど。それはいいですね」

私の言葉に頷いたストーンズ料理長が指示を出して、キャベツの芯やニンジンの皮を使ったお好み焼きが作られた。行動が素早いなあ。

もちろん、キャベツの芯を使ったお好み焼きも美味しいと好評だった。

うん。キャベツの芯は葉の部分より糖度があるので加熱すると甘くなって美味しくなるのだ。

これまでも野菜の端材は賄いとして使われていたようだが、その使い道はスープ一択だったらしい。

「このお好み焼きはいいですね！　これまで硬い部分は賄いのスープにしかしてこなかったけど、お好み焼きにすると腹持ちがいいです」

「キャベツの外葉や芯は毎日のように出ますし、山芋がなくても美味しいので賄い料理としてもいいですね」

「他の野菜も端っことか入れて一緒に焼けばいいだろうな。それでくず野菜も消費できるし」

料理人さんたちの言葉にしっかり頷く。

「あい！　のこったおやちゃいぜんぶつかえりゅ！」

「はい。これからもやりたいと思います」

どうやらお好み焼きはクリスウィン公爵家の定番料理になりそうだ。

そして、『お好み焼き』という名前もすんなりと受け入れられた。

『お好み焼き』は自分の好きな具材を入れて焼いて食べる料理なので、皆『なるほど』と納得していた。

「山芋も、筒を用意して育ててみよう」

そう言ったのは、リュードベリー侯爵だ。

さっきとろろご飯をものすごい勢いで食べていたので、山芋栽培への関心が高まったようだ。

食材の載ったテーブルに行き、捻じれて途中で折れてしまった山芋を手に取って眺めていた。

「私は山芋のとろろが気に入った。米の栽培と共に山芋も今年から栽培することにしよう」

「ええ。あれはとても美味しかったですわ。いつでもいただけるように栽培を進めていただきたいです」

『とろろは飲み物』といった王妃様。畑でいっぱい収穫できるようになったらいったい何杯食べるんだろう。

クリスウィン公爵一族で、山芋のとろろのおかわりの回数をカウントしてみたい。

カレン神官長も入れてやったら楽しいかもしれない。

「ふむ。そうだな。筒の形を何種類か用意して試してみることにしよう。薬にもなる山芋を昨年限りで諦めるのはもったいないからな。――ブロン副料理長、農民の取りまとめをしているビートに話を通しておく。そなたの義父と義兄――ゴルド親子に山芋の試験栽培を託すことにする。試験栽培の資材と費用はこちらで持つ。それと、試験栽培ゆえ失敗は気にすることはない、と先にそなたから伝えておけ」

クリスウィン公爵が告げると、ブロン副料理長が「承知いたしました」と、深く頭を下げていた。

話に出てきたゴルドさん親子とは、ブロン副料理長の奥さんの父と兄なのだそうだ。

「山芋って美味しい上に薬にもなるんだね！」

「ボク、これからも山芋食べたい。美味しいもん！」

アルとアレンが声を弾ませて言う。

「「確かに美味い。定期的に食べたいものだな」」

クリスウィン公爵とリユードベリー侯爵の言葉に、王妃様が微笑んだ。

「理由はそれに尽きますわね。ふふふ」

クリスウィン公爵家は食べることが大好きで、美味しいものには目がない、と初めて会った時に王妃様が話していたっけ。

この大陸では作られていなかった、未知の『米』を真っ先に作付けする熱量を持っているくらいの人たちなので、すぐに山芋栽培をしてみようと思ったのだろう。

わらびの検証と周知、山芋栽培の決断といい、クリスウィン公爵家の皆さんは動きが迅速だな、と思う。

「この山芋栽培は、パーティアでもやってみることにしよう。このとろろご飯もお好み焼きも美味い。山芋は育てようと思ったことはなかったが、薬にもなるのであれば育てる価値があるな」

ひいお祖父様も山芋が気に入ったようだ。

山芋があることを今まで知らなかったので、私は大歓迎だ。

「やまいも！　たのちみ!!」

クリスウィン公爵領で色々筒を作ってみるということだったので、それなら波板での試験栽培も提案してみよう。筒の代わりに波板を山芋の下に置いて育てるやり方だ。

どっちか、上手くいく方法で作れればいいのだ。

ひいお祖父様が、ゴルドさんから山芋の種芋を譲り受けることをクリスウィン公爵と話し合っていた。うん。種芋は大事だよね。

「俺がジェンド国から帰ってくるあたりには山芋が収穫できるようになっているんだろうな」

リンクさんのその言葉に、はっと気づく。

……そうだ。リンクさんはあと数か月で、ローディン叔父様と入れ替わりに戦争に行くことが決まっているのだ。

——リンクさんは無事に戻ってくる。

——そう信じている。

そして、山芋はリンクさんが帰ってくる頃に収穫時期が到来するのだ。

「りんくおじしゃまと、ろーでぃんおじしゃま。ひいおじいしゃまとかあしゃま！　みんないっちょに、しゅうかくしゅる!!」

「ああ。そうしような」

リンクさんが私の頭を優しく撫でた。

「そうね」と、ローズ母様も微笑んでいる。

「ああ。楽しみだな」

ひいお祖父様も私の頭を優しく撫でた。

——大丈夫。絶対に大丈夫。

女神様。ローディン叔父様と、リンクさんを無事に。

——どうか無事に私のもとへ返してください。
そう、心から願った。

書き下ろし　僕の帰る場所（ローディン視点）

今日、僕は王宮に来ていた。成年に達した貴族の子女の式典のためだ。

本来成年式は、貴族令嬢なら十六歳、貴族令息なら十八歳になった者たちのために毎年行われるのだが、四年前の開戦により、ここ数年は開催を見送られていた。

だが、最近は戦況も小康状態となってきているので、式典を行うことにしたらしい。

僕は数か月前に十九歳となったため、一年遅れの成年式、リンクは二十一歳で三年遅れだ。

さすがに数年分の式典を行うべく全員が一堂に会するのは、敵国に有力貴族の暗殺を謀ってくれと言っているようなものだ。

だから生まれた年ごとに日にちを分けることにしたらしい。

そのためリンクは、二月前に成年式のために王宮に来ていた。

成年式の一環として国王陛下と王妃陛下への拝謁をした後、王宮で宴が行われた。

今は戦争中でもあるが、貴族子女の成人のお披露目は大事だと小規模ながらも催されたのだ。

「成年おめでとう、ローディン」

「ありがとうございます。マリウス侯爵様」

久しぶりに会う父方の親戚。

「成人したとなれば、これからはダリウスの許可を得ずとも、いろんなことができるようになるな」

「はい」

にこやかに良かったな、と笑うマリウス侯爵は、金色の髪にターコイズブルーの瞳をしている。

マリウス侯爵家は父方の祖母リリアーネの生家。そして現マリウス侯爵は僕の祖母リリアーネの兄を父親に持つ。つまりは父ダリウス・バーティア子爵と従兄弟同士なのだ。

「店の防犯用魔道具は実に画期的だったぞ。犯人が捕まった瞬間は実に見ものだった！」

「捕まえたところをご覧になったのですか？」

「意図してはいなかったが、あの魔道具が気になって何度も店に視察に行っていたら偶然な。いや爽快だったぞ！」

楽しそうにその捕縛劇を語るマリウス侯爵。本当に嬉しそうだ。

「また依頼したいものがあるから近いうちに侯爵家に来てくれ」

「はい、ありがとうございます」

マリウス侯爵は僕が商会を立ち上げてすぐのあたりから仕事の依頼をしてくれる、お得意様だ。

マリウス侯爵領には結晶石の鉱脈があちこちに豊富にあるため、マリウス侯爵家は国でも指折りの資産家である。

ゆえにマリウス侯爵家が抱えている工房や店は、盗賊達から常に狙われている。

当然ながら厳重な警備がされているが、数か月前、営業中の宝飾品店で商品が盗まれるという事件が立て続けに起こった。

いろんな職人が手塩にかけて作ったものが、心無い者たちに盗まれる。そんなことを許せるはずもない。

マリウス侯爵はいくら金がかかってもいいからと、バーティア商会の魔道具部門に防犯用魔道具の製作依頼をしてくれた。

そして、「失敗したら何度でもやり直せばいい。やってみなさい」と任せてくれた。その言葉を貰った時は素直に嬉しかった。

実の父であるダリウスより僕の成長を見守ってくれる懐の広い人だ。

そんなマリウス侯爵の思いに応えるべく、犯人を捕らえるための防犯用魔道具を製作した。

とはいえ、犯行をどうやって見抜くかに頭を悩ませていた時、アーシェが大きなヒントをくれた。

盗まれるのを未然に防ぐのは大事。だが見抜くことは容易ではない。

それなら、あえて盗ませた上で犯人を敷地内から出られないようにする。

商品は無事。犯人は捕まえられる。一挙両得だ。

宝飾品の種類は指輪、ネックレス、ブローチなど様々。

その裏側などに結晶石のタグを付ける。もちろんその結晶石のタグは魔道具である。

そして会計の際にそのタグを専用の魔道具で外してお客様へお渡しするという決まりを設ける。

そういった正規の手続きを経ずにお店を出たら、出入口に設置した魔道具に、宝飾品に付けたタグが反応して捕縛道具に変わり、犯人を拘束するのだ。

『一度商品を盗ませる』という発想はなかったから驚いたものの、実際採用してみたところ、確実に犯人を捕まえることができた。

さらに営業時間中の犯行だったため、犯人は客の目の前で捕縛された。その捕縛劇が何よりも効果的な窃盗の抑止に繋がったのである。

結局のところ防犯用魔道具は誰が見ても画期的であり、犯人確保にも繋がったため大絶賛されて、様々な店から注文が来ている。

このアイディアをくれたアーシェに感謝だ。

◇◇◇

それらのことを話の肴《さかな》にマリウス侯爵と談笑しているところに、声をかけられた。

有力貴族であるマリウス侯爵との繋ぎを得たい者たちが寄ってきたのだ。

だが一緒にいた僕を見ると、いろいろな反応を見せる。

——良くも悪くも我がバーティア子爵家は有名なところだ。

祖父ディーク・バーティア前子爵は長きにわたり魔法学院の教師であったので、ほとんどの貴族家当主は祖父の元生徒。

そしてその祖父に無理やり輿入れしたマリウス侯爵家の令嬢が産んだ、我が父ダリウスは、放蕩者として名が知れている。『何度も詐欺のカモにされる考えなし』と貴族たちに嘲られていることは、息子の僕ですら身に沁みて知っていることだ。

そして、姉のローズは大貴族であるクリステーア公爵家に嫁いだが、夫は敵国で捕縛されて安否不明、さらには子供を死産して実家に戻された。今では拾い子を育てているとの噂が広まっている。

だから僕に対する貴族たちの反応は見ていて滑稽ですらある。

もちろん心配してくれている人もいるが、大半の貴族は噂をいいように解釈する。

今も扇で口元を隠しつつ、アーシェは姉が不倫の末に産んだ子だという馬鹿な噂を流している貴族夫人や、それを聞こえよがしに繰り返す男もいる。

まったく馬鹿馬鹿しい。死産の後に数か月で子供が産めるか。常識で考えろ。

貴族たちの陰口は気にしないようにしているが、やはり腹が立つ。

――だから、そこに隠れている奴、悪いが手加減はできないぞ。

「――っ！　ガッ」

カーテンの陰で息をひそめていた奴に素早く近づき首筋に手刀を打ち込んで、その手から捻じり取ったナイフを会場の天井に同化するように潜んでいた者の足へと飛ばした。

ナイフが命中した男は、次の瞬間には噂話を楽しんでいた貴族たちの近くに降ってきた。

「「「きゃあああっ!!」」」

「「うわあ!!」」

突然上から落ちてきた明らかに貴族ではありえない男。

浅黒い肌に、その手には殺傷力の高いナイフを持っていたのだ。貴族の女性たちがパニックになるのは当然のことだろう。

浅黒い肌の男はすぐにこと切れた。さっき僕が命中させたナイフに即効性の猛毒が塗られていたようだ。

身体的特徴を見るにおそらく彼らはアンベール国の暗殺者。

すでに国王夫妻は退席している。となれば目的は、司令官クラスの貴族の暗殺だろう。

人目の多いところでの暗殺は、その国の貴族たちに脅威を根付かせるいい機会となる。それをも狙っていたと思われる。

自分たちが用意した猛毒で命を落としたのだ。自業自得だ。

「きゃああ！」

「痛い！　誰か助けてくれ！」

さっき姉を馬鹿にした貴族の男が暗殺者の下敷きになったらしく、腰を強打したようだ。

その後、当然のごとく宴はお開きとなった。

「よく暗殺者がいると気が付いたな」

報せを受けて会場に駆け付けた、母方の伯父であるロザリオ・デイン辺境伯が感心して言った。

暗殺者の一人については、縛り上げ、さらに服毒自殺しようとしたのを魔術をかけて防いでおいた。ここ数年で幾度もこなしてきたことなので、慣れたものだ。

魔術師である僕が暗殺者を捕らえたことを不思議がる者たちもいたが、僕は軍部の重鎮であるデイン辺境伯を伯父に持つ。ゆえに母方の祖父や伯父に剣術や体術も仕込まれてきている。

さらに数年前から現在進行形で暗殺者と対峙してきているのだ。独特な気配は敏感に感じ取ることができる。

「――ええ。索敵能力は飛躍的に上がりましたので」

アーシェが命を狙われるようになってから二年が過ぎた。

姉とアーシェを護るために常に周りに神経を薄く張りめぐらせていた。そうしているうちに索敵能力が必然的に上がったのだ。

そしてこの二年で暗殺者に情けは無用だと思い至った。

だから死んだ暗殺者に対して、申し訳ないと思う気持ちなど微塵もない。

暗殺者という生業《なりわい》を選び、今まで幾人もの命を否応なく奪ってきたのだから。その業が自分に返ってきただけだ。

「せっかくの祝宴が台無しになったな」

「別にいいですよ。姉上とアーシェを馬鹿にする者たちとあれ以上一緒にいたくなかったですし。暗殺者の下敷きになった奴については、当然の報いだと思いましたよ」

「たかだか子爵令嬢が公爵家に嫁ぐとは。身体で落としたのだ。あさましい」と僕に聞こえるように話し、さらにアーシェが姉の不義の子供だとかいう戯言を、ペラペラと振りまいていたのだ。

おそらく、かつて姉に言い寄って相手にされなかったことを根に持っていたのだろう。

よくもあんなに人を貶める言葉が出てくるものだ。

「なるほど。私も奴を覚えておくことにしよう」

伯父であるデイン辺境伯も頷いた。おそらく彼の家はこれから貴族としての付き合いはもちろん、デイン商会との取引からも遠ざけられるだろう。

伯父は姪である姉を娘同然に可愛がってきたのだ。彼女を馬鹿にされてただ黙っている人ではないのだから。

「それはそうと、マリウス侯爵が防犯用の魔道具を褒めていたぞ。たしか、タグとか言っていたな」

「ええ」

「面白いな。商品をあえて盗ませて確実に現行犯逮捕とはな」

「確かにそうですね。あれはアーシェのアイディアなのですよ」

「面白いことを思いついたものだ。子供は発想が豊かだからか」

「ええ、驚きました。私は犯行を未然に防ぐことしか考えなかったですから」

「犯人を逮捕したおかげで宝飾品を狙った窃盗団を炙り出して潰すことができた。奴らは盗んだものを外国に持ち出して高額で売りさばいていた」

アーシェの考えた魔道具は結果的に犯罪組織まで壊滅させたらしい。

「いろいろ汎用性が高そうだな。上に提案してみよう」

「！　ありがとうございます」

国の中枢にいる伯父が『上に提案する』ということは、バーティア商会に国からの依頼が来る可能性があるということで、実現すればかなりの利益を生む。父ダリウスが作った借金も相当減らすことができるだろう。


伯父が去った後、何人かの貴族や令嬢たちが近寄って来た。

「あの。バーティア様。先ほどのかっこよかったです！」

「暗殺者を撃退するなんて素晴らしいですわ」

「よろしければ、今度我が家にご招待させてください」

高位貴族であるマリウス侯爵やデイン辺境伯と一緒にいた僕に取り入りたいという思惑が見え見えだ。さっきまでは他の貴族と一緒に陰口を叩いていた者もいる。

ずいぶんな手のひら返しだ。

そんなところに、会いたくない人物が現れた。

実は来ているのは知っていた。――あえて近づかなかっただけで。

「ローディン、さっき暗殺者を捕まえたそうだな」

自分が捕まえたわけでもないのに、得意満面なその表情に内心ムッとする。

「――はい、父上」

「仕事ばかりしていないで、たまには家に帰って来い。ローズマリーが会いたがっている」

――どの口が言うか、と腹立たしくなった。

反対に「遊んでばかりいないでたまには仕事をしろ」と言ってやりたいが、それでおかしな方面に手を出されてはたまらない。この父親に無駄に行動力があったせいで、バーティア家は多額の借金を抱えることになったのだ。

勝手なことばかりする父親を見たら、なんだか無性に疲れてきた。

――アーシェに会いたい。

アーシェと暮らすようになってから、こんなに何日も離れたことはなかった。

ふにゃりと笑うアーシェの可愛い顔が見たい。

声が聴きたい。

――帰ろう。

式典も終わったし、祝宴も途中までとなってしまったが、貴族としての義務は果たした。

「さきほどの件で疲れましたので、失礼します」

「ああ、そうだったな。家に帰って休むといい」

父は当然バーティア家の王都別邸に僕が帰ると思っているだろうが、そんなわけはない。

――僕はアーシェのいるバーティア領の商会の家に帰る。

◇◇◇

「おじしゃま！　おきゃえりなしゃい！」

「ただいま！　アーシェ！」

駆け寄って来たアーシェをきゅうっと抱きしめる。子供特有の高い体温が伝わってきて、ああ、帰って来たんだと実感する。

アーシェと暮らし始めてから半月以上も離れていたのは初めてで、会いたくてしょうがなかった。

リンクが二月前に王都から帰ってきた時、しばらくアーシェを離さなかったのはこのせいだったか、と納得した。

「今回はバーティア家の別邸に行かなかったのか？」

マリアおば様から預かったみやげを受け取ったリンクが聞いてきた。

「ああ、母上にはデイン家の別邸でお会いしたから。――父に用はないし」

要は父のいる場所に帰る気はなかったということだ。父は田舎であるバーティア領の本邸にいることは少なく、大抵王都別邸にいる。

僕は、父が姉のことを金を引き出すためのモノのように扱った――つまりは僕が父を見限ったあの日から、必要な時以外は会うことを避けていた。

血の繋がった親とはいえ、父から愛情を貰った憶えはない。

それでも、小さい頃は子供ながらに父の愛情を期待していたのだ。――だが、父にその感情は欠落していたようだ。

アーシェを育て始めた頃、商会に来た父が、「赤子を孤児院に出したくなければ金を工面しろ」と言ったあの日――僕は、父のことを完全に見限った。

だから、父親のいる家に帰るつもりはなく、今回はデイン家に滞在していた。伯母のマリアも従兄弟のホークも僕にとっては血の繋がった実の父より『家族』だからだ。

僕の帰る場所は、アーシェや姉上、リンクのいる、この商会の家だ。

血の繋がりなど関係ない。

――人は、心の繋がった大事な家族のいる場所に帰るのだから。

あとがき

こんにちは。あやさくらです。

『転生したら最愛の家族にもう一度出会えました　前世のチートで美味しいごはんをつくります』の三巻をお手に取ってくださり、ありがとうございます！

二巻から三か月という短い期間で三巻を出版していただけることになり、本当に嬉しいです！


さて三巻の内容ですが、二巻の最後にちらっと登場したアーシェラの父であるアーシュが、どうやって敵国であるアンベールで生き抜いてきたか、そしてアーシェラが前世の記憶を持って生まれてきた理由が今回明かされます。

また、ローディンが二巻後半でウルド国に出征して行ってしまい、三巻にまったく出番がなかったので、巻末にローディン視点のお話を書き下ろしました。

ローディン推しの友人も納得してくれることでしょう（笑）。

ローディンは四巻で活躍しますのでお楽しみに！

近況ですが、実は二巻の発売日に『最愛の家族』のCMがＹｏｕＴｕｂｅに配信されました！

アーシェが可愛い〜！　絵がキレイ〜！　声と音楽もついてる〜！　と感動しっぱなしでした。

そして思い入れのある言葉が画面に出た時、思わず涙が出てしまいました。

制作してくださったアース・スターの皆様に感謝です！

素晴らしい出来ですので、皆様にもぜひ検索して観ていただけたらと思います。


最後となりましたが、謝辞を。

編集様、いつも間違いの多い私の日本語を修正してくださりありがとうございます。思い込みで使っていた言葉がたくさんあることに毎回驚いています（汗）。これからもよろしくお願いします！

いつも素敵なイラストでアーシェラたちに命を吹き込んでくださっているＣＯＮＡＣＯ様。

毎回イラストをいただくたびに、すごいな〜と感動しています。

アーシュが出てくる口絵はラフの段階でも素晴らしかったです。本当にありがとうございます。

また、この本に関わってくださった全ての方々に心から感謝いたします。

そして『小説家になろう』の読者の皆様。この本を手に取り、最後まで読んでくださった皆様、本当にありがとうございました。

あやさくら

おめでとうございます！
conaco
今回 出番のなかった
ローディンおじさま

転生したら
最愛の家族に
もう一度出会えました
3

アーサヘイム帝国の末っ子皇子・リリアスは、湖に転落した際に前世の記憶を思い出した。医者だった前世で多くの命を救った彼は、帝国で敬われる光の精霊・ルーの加護を得る。侍女のニルや専属護衛の獣人・オクソール、クセつよな兄弟たちの愛を一身に受けるリリアスは、とびぬけた光魔法の才能が原因で命を狙われたり、希少な純血種の狼獣人の命を救ったり、図らずも悪徳貴族を摘発したり……ちびっこでも、うまくしゃべれなくても、トコトコと問題解決でしゅ!!

◀シリーズ好評発売中!

転生したら
3歳の第5皇子
でした

わいい!
無自覚な天才少女は気付かない
～あらゆる分野で努力しても家族が全く褒めてくれないので、家出して冒険者になりました～
辺境の貧乏伯爵に嫁ぐことになったので領地改革に励みます
～ドラゴンと公爵令嬢～
生贄第二皇女の困惑
敵国に人質として嫁いだら不思議と大歓迎されています
追放された聖女ですが、実は国中から愛されすぎてて怖いんですけど!?
毎月1日刊行!!!!!!!!

強くてか
異世界転移して教師になった俺が魔女と恐れられている件
~王族も貴族も関係ないから真面目に授業を聞け~
無自覚聖女は今日も無意識に力を垂れ流す
今代の聖女は姉ではなく、妹の私だったみたいです
エルフさんの魔法料理店
妖精女王として転生したけれど、まずはのんびりお料理作りまくります!
転生料理研究家は今日もマイペースに料理を作る
あなたに興味はございません
最新情報はこちら!
EARTH STAR LUNA
アース・スタールナ

転生したら最愛の家族にもう一度出会えました
前世のチートで美味しいごはんをつくります ③

発行 ―――――――― 2023年12月　1日　初版第1刷発行
2024年　1月17日　　　第2刷発行

著者 ―――――――― あやさくら

イラストレーター ―――― CONACO

装丁デザイン ―――――― 山上陽一（ARTEN）

地図デザイン ―――――― 鈴木康広

発行者 ――――――――― 幕内和博

編集 ―――――――――― 筒井さやか・蝦名寛子

発行所 ――――――――― 株式会社アース・スター エンターテイメント
〒141-0021　東京都品川区上大崎 3-1-1
目黒セントラルスクエア　7F
TEL ：03-5561-7630
FAX：03-5561-7632

印刷・製本 ――――――― 中央精版印刷株式会社

© Sakura Aya / Conaco 2023 , Printed in Japan

この物語はフィクションです。実在の人物・団体・事件・地域等には、いっさい関係ありません。

本書は、法令の定めにある場合を除き、その全部または一部を無断で複製・複写することはできません。

また、本書のコピー、スキャン、電子データ化等の無断複製は、著作権法上での例外を除き、禁じられております。

本書を代行業者等の第三者に依頼してスキャン、電子データ化をすることは、私的利用の目的であっても認められておらず、著作権法に違反します。

乱丁・落丁本は、ご面倒ですが、株式会社アース・スター エンターテイメント 読書係あてにお送りください。

送料小社負担にてお取り替えいたします。価格はカバーに表示してあります。

ISBN 978-4-8030-1883-7